Chamas do Império

A Lenda do Mastim Demônio

Diego Guerra

1ª edição

Editora Draco

São Paulo
2019

Diego Guerra
Formado em Produção Editorial pela Anhembi Morumbi e em roteiro pela Academia Internacional de Cinema. Trabalha como designer e é fã de literatura fantástica e romances históricos. Passou a infância correndo pelas árvores com amigos imaginários, defendendo a terra de invasões alienígenas e portais que se abriam para o inferno. Teve duas opções: tomar remédio tarja preta ou se tornar escritor. Depois de anos escrevendo para não enlouquecer, resolveu publicar para enlouquecer os outros. Publicou *O Teatro da Ira* (2015) e *O Gigante da Guerra* (2016).
SITE chamasdoimperio.com.br Facebook.com/ChamaDoImperio TWITTER @ChamasDoImperio

Publisher: Erick Santos Cardoso
Revisão: Ana Lúcia Merege
Arte: Diggs (identidade visual e capa) e Ericksama
Ilustração de capa: Diggs

Dados Internacionais de Catalogação na Publicação (CIP)
Ana Lúcia Merege 4667/CRB7

G 934

Guerra, Diego
Chamas do império: a lenda do mastim demônio / Diego Guerra. – São Paulo : Draco, 2019.

ISBN 978-85-8243-266-2

1. Ficção brasileira 1. Título

CDD-869.93

Índice para catálogo sistemático:
1. Ficção : Literatura brasileira 869.93

1ª edição, 2019

Editora Draco
R. César Beccaria, 27 – casa 1
Jd. da Glória – São Paulo – SP
CEP 01547-060
editoradraco@gmail.com
www.editoradraco.com
www.facebook.com/editoradraco
Twitter e Instagram: @editoradraco

Chamas do Império

A Lenda do Mastim Demônio

Thenduin
Andernoth
Tássia
Valísia
Shene
Lenki
Quina do Rio
Illioth

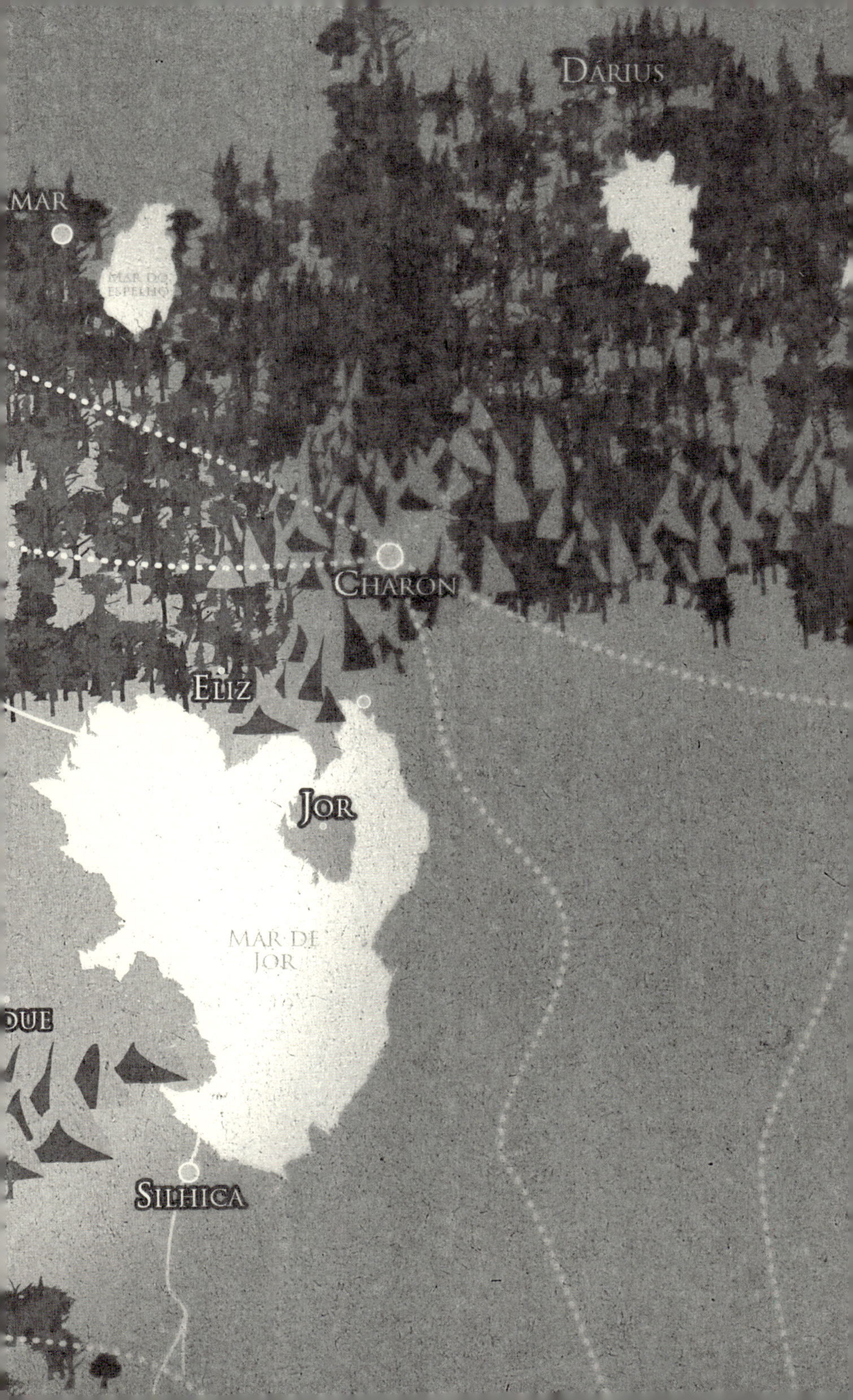
DARIUS
MAR
MAR DO ESPELHO
CHARON
ELIZ
JOR
MAR DE JOR
QUE
SILHICA

A Lenda do Mastim Demônio
– 1876 d. K. –

Sempre achei estranha a forma como a memória se comporta. Às vezes ela é como um cão velho, adormecido aos seus pés, respirando suavemente enquanto se aquece junto ao fogo. Outras vezes ela é como uma tropa de cavalos estalando os cascos ao seu redor e ameaçando partir sua espinha sob as patas. Sou velho agora e tudo o que eu tenho são essas antigas lembranças. Os irmãos justos são gentis comigo, me alimentando e esperando a minha morte, mas não têm disposição para ouvir as histórias de um velho monge sobre colheitas fartas ou novilhos de duas cabeças. Boa parte do dia passo sentado dentro do meu claustro, fazendo minhas orações a Kimpus e pedindo ao Senhor dos Justos que perdoe os meus pecados, embora saiba que esse esforço é vão. Não existe perdão no vocabulário dos deuses. Existe apenas o que foi e o que precisa ser.

As pessoas se perguntam sobre o segredo da minha longevidade. Dizem por aí que eu me deito com *dhäeni* para roubar os seus anos. A única verdade, aquela que ninguém desconfia, é que o medo me mantém vivo. Meu julgamento se aproxima com a minha morte. Quando as asas da Piedosa se fecharem sobre mim, serei entregue ao Senhor dos Justos, que questionará o quão fiel fui aos votos que lhe fiz, antes de permitir a minha entrada em seu Domínio. Então lhe contarei a minha história. A única que os jovens ainda têm paciência para ouvir.

Todo ano, durante o *Dhunmalin,* o festival das máscaras da última lua nova do outono, sou convidado a contar a história do Mastim Demônio. A história era conhecida entre as pessoas da aldeia, mas, conforme a morte os levava, o que era um fato se tornou apenas outra lenda. Um conto para assustar as crianças. Já faz mais de cinquenta anos agora, e todos aqueles que poderiam me desmentir estão mortos, mas eu vivi com aquelas pessoas da história, eu orei com a maioria delas e, quando o inverno bateu à nossa porta, eu me encolhi com elas diante do fogo, ombro a ombro, para me manter aquecido.

Mesmo tendo convivido com ele, foi apenas juntando os pedaços das histórias daqueles que o conheceram que realmente entendi a lenda do mastim demônio, o garoto cão, a perdição do Império, o menino que um dia cresceria para ser conhecido como o assassino Jhomm Krulgar, embora naqueles tempos ele não tivesse esse nome.

Era uma noite gelada, exatamente como a de hoje. A lareira estalava, lutando contra o frio das pedras ao seu redor. Dentro do monastério, nós tínhamos terminado nossas preces e comíamos em silêncio, fingindo ignorar o hálito gelado que circundava a mesa do grande salão. As altas janelas tinham sido cobertas com cortinas que se debatiam, levadas pelo vento, enquanto flocos de neve pairavam desafiadores em pleno ar. Eu sorria ao tomar a rala sopa de nabos, estremecendo enrolado no hábito de lã grosseira da ordem. As pessoas costumavam comentar que eu estava sempre sorrindo naquela época. Chamavam-me de Belic, o sorridente, o que parecia envenenar ainda mais o humor de Allain, o abade do monastério: um velho abutre recurvado sobre o peso da corrente de penas de ferro no seu pescoço, sempre pronto a tornar a vida de alguém miserável.

Minha história era pouco interessante, então. Tinha sido recebido como noviço quando tinha oito anos, e aos dezesseis tinha feito meu juramento como Cavaleiro de Kimpus. Os anos de treinamento e as lutas constantes tinham me tornado um rapaz forte, mas um ferimento de batalha arrancou minha perna, acabando rapidamente com meus anos de glória. Quando me recuperei, adotei o colar de penas. Segundo a tradição, os monges levavam uma pena para cada um dos seus pecados, para que se lembrassem do peso dos seus malefícios quando fossem julgados por Kimpus. Atravessariam todo o Mar da Agonia, com as penas arrastando-os para o fundo antes de chegar ao paraíso. Não questionava meu destino. Eu já sabia, naquela época, que reclamar era um passatempo inútil, e que não cabia a um irmão justo questionar a vontade do Senhor dos Céus, mesmo que às vezes elas se manifestassem através do olhar azedo de Allain.

Era 1867, o fim do primeiro ano do reinado do Imperador Arteen

II, e o mundo ainda não tinha se acostumado com a paz rarefeita que lentamente se espalhava através das entranhas do Império.

Após a guerra, os campos tinham sido tomados por *dhäeni* recém--libertos que vagavam como cães em busca de comida, escorraçados de cada aldeia onde tentavam colocar os pés. Uma trupe faminta, chicoteada e doente, amontoando-se para morrer aos pés de seus bosques sagrados, em situação tão miserável que era difícil acreditar que eram eles os vitoriosos daquela guerra.

A fome também não tinha nos poupado, a nós, seus antigos senhores. Sessenta anos de guerra, malefícios e mortes também cobraram seu preço dos homens, mas era pior em Haena do Norte, a pequena aldeia onde ficava o monastério de Kimpus.

Meu pai era um dos produtores de vinho da aldeia. Eu me lembro de brincar entre as parreiras, enquanto os *dhäeni* produziam o vinho e cuidavam das plantas. Nunca pude pensar em meu pai como um escravocrata sanguinário. A imagem do senhor sorridente, cheirando a tabaco e vinagre, é tudo o que me resta depois de tantos anos, mas posso supor que ele levou nos ombros sua cota de pecados. Depois da sua morte, fui entregue pelos meus irmãos mais velhos para ser educado no monastério. Me despedi das terras de meu pai, ainda com os olhos lacrimejantes da fumaça de sua fogueira, e abracei com dedicação a vocação religiosa. Eu tinha apenas oito anos e achava que tudo era minha culpa.

Então a guerra chegou à aldeia, e, assim como as parreiras de minha família, a nossa Haena do Norte secou e morreu. Enquanto eu ainda tinha um teto sobre a minha cabeça e uma sopa rala em meu prato, do lado de fora daqueles muros as pessoas estavam famintas.

– Senhor? – Vi um dos monges atravessando o salão, fazendo o colar de penas de ferro tilintar no seu pescoço. – Tem uma mulher no portão...

– Mande-a embora. – A voz do abade era temperada com indignação. Estava frio demais para receber pedintes, não importando se estavam com fome. – Diga para ela voltar pela manhã.

– É uma mulher ferida, senhor. Sua caravana foi atacada aqui perto.

O abade olhou para os outros monges em um silêncio compenetrado e derrubou a colher de pau sobre a mesa, limpando a boca com as costas da mão. Ele devia ter quase setenta anos, mas bem poderiam ser duzentos, que não faria diferença. Um velho abutre empoleirado na torre mais alta do monastério, sempre se vangloriando de seu tempo como cavaleiro kimpônico, como se não existissem outros que tivessem trocado a espada pela corrente de penas ao se ferir ou envelhecer.

– Pode ser uma armadilha – um dos irmãos sugeriu. Não era incomum que bandoleiros desesperados tentassem invadir o monastério.

– Um grupo de *dhäeni* foi visto pela estrada – lembrei.

O abade me lançou um olhar afiado pela interrupção, mas depois respirou, resignado.

– Mande um grupo de cavaleiros para a estrada em busca de sobreviventes. – Allain dava ordens aos cavaleiros com propriedade. Embora como abade não tivesse nenhum comando sobre suas espadas, na pratica usava sua autoridade espiritual para guiá-los no que acreditava ser a defesa da justiça. – Vamos ver a mulher.

Era a coisa mais interessante que tinha acontecido no monastério naquele inverno. Mesmo o mais dedicado dos monges já estava farto da rotina monótona que envolvia cuidar do templo, fazer as orações, copiar os livros das leis e esperar, pacientemente, pela chegada de mais um noviço. Ano após ano, a rotina dos monges se repetia tediosamente, sem qualquer distinção, e me sinto constrangido ao pensar na excitação que senti ao ver aquela rotina ser quebrada. Estava quase alegre por saber que alguém estava às portas da morte ali perto. Se eu tivesse a menor idéia do que viria a seguir, talvez tivesse escondido meu sorriso daquela vez; ao invés disso, manquejei atrás do abade, ansioso pela novidade.

O vento zunia do lado de fora do monastério, mas não podia silenciar os gritos de dor da garota no portão. A neve era grossa e tinha roubado todas as cores do mundo, fazendo o toco da minha perna doer. Naquela época eu ainda achava estranho como às vezes podia sentir os dedos do pé que eu já não tinha, hoje essa estranheza quase não me incomoda mais. Deixávamos um rastro escavado na neve ao atravessar o pátio até o portão principal. Uma procissão vestindo negro, lutando contra a vontade de correr de volta para o conforto do salão. A mulher tinha sido deixada do lado de fora diante da fonte na entrada, onde a estátua de Kimpus molhava os pés descalços, observando-a com as suas quatro faces vigilantes. Fora largada lá como um saco de grãos, para ser julgada pelo semblante rigoroso do Senhor dos Justos, lutando valentemente contra o frio.

Um jovem noviço segurava a sua mão, tentando consolá-la.

Deitaram-na sobre um manto fino e usaram outro para tentar protegê-la do frio, uma guerra que eles seriam incapazes de vencer.

– *Sohas* Kimpus! – As palavras escaparam pelos meus lábios ao ver sua barriga. Pequena e magra, o ventre protuberante denunciava que o parto estava próximo. A neve ao seu redor fora tingida de rubro e seu corpo tremia convulsivamente. – Vamos levá-la para dentro.

– Quieto. – O abade me censurou. Eu viria a conhecer o ódio que Allain nutria pelas mulheres nos tempos que se seguiriam, mas, naquele momento, aquilo me surpreendeu. – Ela não pode entrar.

– Ela está morrendo, senhor. Devemos tratar dos seus ferimentos.– tentei insistir.

– A mulher é só uma puta. – O abade apontou o dedo, enrugado como uma raiz, para a barriga da garota, e ergueu sua voz acima do barulho do vento para que os outros monges pudessem ouvi-lo. – Ela pertence ao mundo e não pode entrar.

Oito cavaleiros kimpônicos passaram pelo portão e pararam ao lado de Allain para receber suas ordens.

– Encontre Dodd e leve os cães. Avise os homens da aldeia para que toquem os sinos. Se forem bandidos, traga-os para julgamento. Se forem *dhäeni*, livrem-se deles. Estas terras estão sobre a proteção do Senhor da Justiça. Nossa proteção!

A guerra tinha acabado. Os *dhäeni* haviam sido aceitos como cidadãos do Império e tinham o direito de ser julgados, mas havia pouca paciência para lidar com eles depois de tantos anos de escravidão e luta. A queda da cidade de Lenki ainda era uma lembrança amarga e assustadora, que fazia com que muitos se questionassem sobre a prudência de libertar criaturas tão poderosas no mundo. Muitos falavam sobre o mal que eles ainda podiam causar.

Os cavaleiros bateram nas ancas dos cavalos para fazê-los andar, com apenas um breve olhar para a mulher caída no chão. Para alguns dos meus companheiros, a lei estava acima do ser humano. Deitada sobre o chão gelado, a garota gritava.

– Por favor, meu senhor. Eu estou morrendo! – De fato a morte a rondava com suas imensas asas, mas isso não era o suficiente para comprar a piedade de Allain. O abade sabia que a chuva e a neve eram parte do julgamento de Kimpus, e não lhe cabia desafiar sua vontade, mas eu podia ver a dúvida em seu rosto, enquanto se questionava sobre se devia ou não intervir. – Meu filho! Por favor, salve o meu filho!

Eu sabia que se ficássemos em silêncio, Allain simplesmente a deixaria morrer enquanto esperava por algum sinal divino, então tomei coragem para desafiá-lo. Não era prudente questionar as suas ordens. Existiam diversas formas de se punir um monge desobediente sem açoitá-lo no pátio, mas algo precisava ser dito pela vida da mulher e de seu filho.

– Nós não podemos levá-la para dentro, senhor, mas podemos ajudá-la aqui mesmo. Kimpus deu a sua espada em defesa do mais fraco. Nós somos sua espada.

A mulher gritava. O sangue esvaído congelava em contato com a neve, mas entre um grito e outro, ela implorava pela vida do seu filho. O abade podia salvá-la, mas tentava encontrar nos acontecimentos qual seria a verdadeira vontade de Kimpus.

– Eu não preciso de você para me lembrar do que somos ou não somos – Allain rosnou por entre os dentes, e eu temi que ele deixasse a mulher morrer por puro orgulho. – Façam o parto. Tragam cobertores e palha. Que Kimpus a julgue.

Os irmãos justos se organizaram rapidamente. Eu já tinha ajudado no parto de cabras e éguas, por isso me ajoelhei entre as pernas da mulher e lutei contra seu vestido. Vi o olhar furioso do abade quando revelei suas coxas ao frio, e hesitei por um momento, mas logo voltei à ação, pedindo à mulher que começasse a empurrar.

– Algo não está bem. – Eu sentia no meu estômago que alguma coisa estava errada, mesmo nunca tendo feito aquilo antes. O abdome da mulher parecia deformado como se tivesse sido espancado. – Não sei se ela vai conseguir.

– Tudo é o que é. Kimpus sabe de todas as coisas – o abade proferiu no seu jeito mais pomposo, forçando o balançar de cabeças dos outros monges, em um tilintar das penas de ferro ao vento de inverno.

– *Sohas* Elleigon! – A mulher gritou em meio_à sua dor. O abade torceu a boca, desaprovando o nome da Senhora das Estrelas. Kimpus deveria ser louvado acima de todos os outros deuses naquelas terras, não importava que Elleigon fosse sua esposa. – Proteja meu filho, mãe!

– Você precisa fazer força.– pedi, com ansiedade. Podia sentir o suor congelando na minha testa e lutava para não deixar a desesperança surgir em meu rosto. – Você precisa fazer *mais* força!

O nascimento e a morte são leis imutáveis, escritas muito antes da chegada dos homens. Kimpus é o guardião de todas as leis deste e do outro mundo, punindo a ferro e fogo aqueles que as desobedecem. Rezar a Kimpus pela vida é inútil. A criança estava entregue ao próprio destino, embora a mãe não soubesse disso, mas talvez algo a estivesse protegendo naquela noite.

Lembro de ter visto aqueles malditos *khirks*, empoleirados em um galho próximo, batendo as asas escuras para afastar a neve enquanto esperavam para roubar a alma do bebê. O ar era espesso e parecia vibrar como a descarga elétrica de uma tempestade ou como a lembrança de uma canção antiga que começa no fundo da garganta. Eu devia ter pedido a um dos irmãos que fosse até a árvore e afastasse os pássaros com um par de pedras, mas nada daquilo me ocorreu naquele momento. Continuei meu trabalho, ignorando as aves de rapina, confiando na vontade de Kimpus. Podia sentir que a criança estava vindo e aquilo me fez ignorar tudo a minha volta.

Com um grito de vitória eu puxei a criança para fora, entendendo quase imediatamente que algo havia dado errado. A mulher chorava em soluços, chamando por Kimpus e Elleigon. O abade se inclinou sobre o vapor que se condensava na pele da criança, espremendo os olhos enrugados para confirmar as minhas suspeitas.

– Era um garoto, senhora. Sinto muito – eu disse, fingindo coragem.

Do galho da árvore, os pássaros traiçoeiros alçaram voo.

Nunca mais me esqueci da tristeza no rosto daquela garota quando falei aquelas palavras. Os anos me permitiram assistir a outros partos depois daquele. Alguns foram bons, outros não foram. A morte acompanhava a vida, como o frio acompanhava o fogo, mas nada do que vi depois daquele dia se equiparou ao pesar daquela mulher. Tudo o que ela tinha de forças se esvaiu, soprado pelo peso das minhas palavras.

– Não. Não. Não. Meu filho! – Eu coloquei a criança no colo da mãe com delicadeza, vendo que ela mal tinha forças para segurá-lo. O bebê pousou sobre o seu peito, nu e inchado, ficando ainda mais azul contra a brancura da neve ao seu redor. – *Sohas*, não!

– Sinto muito. Foi a vontade de Kimpus – falei, antes de beijar a ponta dos dedos e tocar o coração, com uma prece em nome do Senhor dos Justos; mas parei ao ouvir o sussurro da mulher. Parecia claro que em breve ela estaria junto com seu filho.

– Deus maldito que tomou meu único amor – ouvi-a amaldiçoar. Seu rosto imundo de sangue e de suor, agora manchado pelas lágrimas.

– Silêncio, mulher, ou será julgada! – O abade apressou-se em censurá-la, mas como culpá-la por sua dor?

– Leve-me, senhor. Deixe meu filho. Leve-me. Não leve meu menino.

Allain continuou seus protestos contra os desafios daquela mulher, mas em um instante ela já não ouvia mais nada. Enquanto a vida a deixava, aquela mãe entristecida repetia infinitamente a mesma lamúria. Sua voz ficando mais fraca, desaparecendo no barulho da nevasca que crescia ao nosso redor. Os outros monges começaram a bater os pés, impacientes, pensando na sopa e no calor da lareira enquanto tentavam se decidir se deviam entrar ou esperar até que a morte terminasse sua tarefa. Eu tentava lhe trazer algum conforto, passando a mão em seus cabelos e dizendo que ela já podia descansar.

No fim, não demorou muito. A voz da mulher sumiu de vez, enquanto seus olhos vidrados encaravam a estátua de Kimpus à frente do monastério, recriminando-o pela sua perda. O senhor da justiça divina retribuía o olhar pétreo, guardando o seu silêncio.

Os monges balançaram a cabeça e se ergueram, cobrindo mãe e filho. Senti uma mão sobre meu ombro, dizendo que tudo tinha terminado. Trariam linho para embalá-los e uma fogueira seria acesa para recebê-los, quando a nevasca parasse. O abade disse que era bobagem estremecer de frio por uma puta e virou as costas, disposto a esquecer tudo em troca de um copo de vinho quente. Eu me levantei e entrei novamente pelo portão do monastério, ainda tentando entender o que tínhamos acabado de presenciar, quando um vento intenso nos empurrou, soprando um gelo fino como areia contra meu rosto.

Sem aviso, uma estranha e brutal quietude se espalhou pelo mundo. Do pátio do monastério, eu não podia ouvir nem o soprar do vento, nem o grito de qualquer pássaro. Mesmo as árvores pareciam resolutas ao silêncio, tocando seus galhos com mais delicadeza do que o normal. Os outros monges olharam ao redor, tentando entender o que havia mudado. Só depois de um instante nós conseguimos perceber que a neve tinha parado de cair. O abade olhou para o céu noturno procurando respostas, mas tudo o que restava eram as trevas. Foi no silêncio que nós conseguimos ouvir o choro de uma criança.

Preciso confessar a minha descrença. Eu havia arrancado aquela criança do ventre da sua mãe e a tinha segurado no colo. Havia sentido a morte em seu corpo diminuto e estava certo de que a

Piedosa a havia levado em seus braços. Mesmo assim, voltei, com o coração apertado, e vi o movimento quase imperceptível por baixo do cobertor. O choro ganhava força, sufocado pelas trevas. Em convulsões, algo lutava contra as cobertas, para nascer novamente.

O abade passou por mim, aproximando-se com receio dos corpos sobre a neve. Ele sabia que aquilo era um desrespeito às leis do mundo. Cada um dos seus passos era temeroso, como se um demônio se escondesse sob o cobertor pronto a pular na sua garganta antes de ser descoberto. Allain estendeu a mão para o pequeno monte que agora se debatia e chorava. Seu rosto traía o que o atormentava. Kimpus havia se decidido. Kimpus o havia chamado. Kimpus jamais mudava seu julgamento.

– *Sobas* Kimpus! – Sua boca se moveu contra a sua vontade. Ele levantou o cobertor e viu a criança que chorava, batendo os pequenos bracinhos, contra o peito da mãe. – Sagrado Kimpus!

O garoto estava vivo, e, diante do frio intenso e da parca luz, gritava a plenos pulmões, implorando pela atenção da mãe morta. O abade tocou a boca e o coração com a ponta dos dedos, olhando para a imagem de Kimpus. O Senhor dos Justos permanecia impassível em sua expressão, mas sua decisão havia sido revogada.

– É um milagre. – Caí sobre meus joelhos, de braços abertos, para louvar o Senhor dos Céus.

– Silêncio! – o abade me censurou. Eu só entendi o medo nos seus olhos muitos anos depois. Naquela hora, eu acreditei que a relutância de Allain vinha do receio de que estivéssemos enganados; hoje posso dizer, com uma boa dose de certeza, que o seu medo, na verdade, era de que estivéssemos certos. – Silêncio, eu disse.

– Foi um milagre, senhor. Nós precisamos proteger o garoto.

– Protegê-lo? – Allain se virou para mim em fúria. – Essa aberração vai contra as leis divinas. Vamos matá-lo.

Eu não pude acreditar nos meus ouvidos. Naquele tempo eu ainda confiava que todos os homens sobre o manto de Kimpus eram bons. Eu achava que justiça era o sinônimo de bondade, e aquelas palavras duras, na voz do homem que deveria ser o pilar de nossa ordem, me cortaram o coração. Lembro que passei por ele pronto a jogá-lo de cara na neve se ele tentasse me impedir e peguei a criança no colo, ajeitando-o com dificuldade em um braço, enquanto segurava minha muleta com o outro. O menino chorava e tremia sob o ar gelado, e eu o enrolei na mortalha onde antes tinha estado coberto, para dar a ele uma chance de sobreviver. Um dos monges me estendeu uma pequena faca que eu usei para cortar o cordão umbilical que o unia a sua mãe morta. O abade viu a raiva no meu rosto e percebeu com espanto como os outros monges julgaram sua sugestão. Mesmo entre os seus mais fiéis seguidores, a idéia de matar uma criança inocente parecia uma abominação. Allain entendeu a recriminação em seus olhares e se recompôs, tentando parecer o mais neutro possível.

– E quem de vocês irá amamenta-lo? – Allain grasnou uma risada, como se estivesse engasgado com um osso.

– Certamente podemos encontrar uma ama de leite na aldeia, senhor. Uma mulher que tenha acabado de dar a luz e que possa alimentá-lo em troca de uma refeição quente.

Allain pareceu lívido ao ouvir aquela sugestão. O abade pregava sobre o poder da mulher em manipular os desejos de um homem, desviando-o do caminho justo e incentivava aos irmãos que se mantivessem afastados da tentação.

– Em quinhentos anos, nenhuma mulher jamais pisou dentro destes muros e eu certamente estarei morto no dia em que isso acontecer. Eu pareço morto para você, Belic?

– Não, senhor. – Respondi, mais do que obediente.

– Você deseja a minha morte? – Ele insistiu, como se pudesse ler alguma coisa por trás da minhas palavras, mas eu fiz um esforço para manter a seriedade que o momento pedia.

– Espero morrer antes de ver tal dia, meu senhor. – Lutei para não rir, embora alguns monges tenham abaixado a cabeça neste momento para esconder o rosto.

– Este não é o lugar para uma criança.

– Mesmo assim, fomos presenteados com uma. Justo seja Kimpus.

– Justo seja. – Allain rosnou entre os lábios secos.

Estávamos em um impasse enquanto o menino chorava de frio e eu tinha esgotado meus argumentos, sem ter feito o menor risco na armadura de desprezo do justo abade. Foi o irmão Lok quem encontrou o caminho do meio.

– O mestre dos cães poderia recebe-lo, senhores. Ele estaria nas terras do monastério e sob a guarda de nossa espada, mas viveria fora dos muros.

Não sei se foi a justiça daquelas palavras, ou o desejo de escapar do frio que fez com que outras vozes concordassem com irmão Lok.

– E Dodd tem uma irmã que acabou de ter filho. Ela poderia amamentar o pequeno até que os seus parentes o encontrem. – Lok continuou.

Naquele momento eu não podia ver nenhum argumento contra aquela ideia, embora algo tivesse se revirado em mim ao pensar naquele bebê indefeso nos braços de Dodd, mas àquela altura o julgamento já tinha sido feito.

– Entreguem o garoto... – Allain começou e então se corrigiu – entreguem isso para Dodd, até que alguém apareça procurando pelos pais dele e deixem que o inverno julgue o seu destino.Pensei em protestar, mas tive medo de que, se fosse novamente contrariado, o abade resolvesse descartar a criança apenas para demonstrar sua autoridade. Dodd era o mestre dos cães do monastério, um bêbado entregue aos prazeres mundanos; ainda assim, era uma alternativa melhor do que a morte. Agradeci a Allain pela sua infinita bondade e corri o mais rápido que pude, equilibrando o manquejar da muleta, com o peso da criança no meu braço, para entregá-la ao seu novo tutor.

Nunca me considerei culpado pelo ímpeto de compaixão que me colocou em defesa daquela criança. Mesmo quando os feitos do homem que ela se tornou chegaram aos meus ouvidos, mesmo quando os relatos de sangue e morte ameaçaram me engolir, como se fosse minha a culpa por quem ele tinha se tornado. Mesmo assim, eu nunca me arrependi de ter salvado a sua vida, e não acredito que eu tenha que responder a isso como um dos meus pecados. Kimpus prega a proteção do inocente e do injustiçado, e não havia culpa sobre os ombros daquele bebê indefeso quando a morte tentou abocanhá-lo. Nessa história, meu primeiro erro não foi a piedade, mas a covardia. E, de todos os meus pecados posteriores, ter entregado o bebê para ser criado por Dodd certamente foi o pior.

A cabana do mestre dos cães era uma construção afastada, na beira da floresta, onde os cães eram levados para procurar suas presas. Quando Dodd chegou em casa, me encontrou sentado em sua cadeira de balanço, tentando alimentar o bebê molhando meu dedo no leite de cabra e passando-o na sua boca. O menino estava irritado, faminto e cheio de frio, chorando sem o menor conforto para a sua pequena vida.

Dodd bateu a neve dos ombros e me encarou com o olhar atravessado. Era mais baixo do que eu, gordo, com um bigode volumoso, que se unia às suas costeletas e aos poucos cabelos da lateral da sua cabeça. Cheirava a suor e álcool, e sua presença foi anunciada pelo ladrar dos cães de caça. Rodeou-me em silêncio até um canto da cabana e pegou uma garrafa sobre a mesa para se aquecer. Mesmo de onde eu estava podia sentir o cheiro da aguardente escapando quando ele tirou a rolha e deu um longo gole na garrafa.

– Não me lembro de o senhor ter filhos, irmão Belic. Achei que os monges fossem proibidos de... – Dodd fez um movimento para a frente e para trás com a pélvis. – Você sabe. Castidade e tudo mais.

A inconveniência do mestre dos cães não me constrangeu. Todos nós havíamos feito nossos votos ao nos colocar em serviço de Kimpus.

– Nem todos os monges fizeram voto de castidade, mestre Dodd. Mas essa criança não é minha.

– Ah. – Ele fingiu-se de surpreso. – E como eu posso ajudá-lo, senhor?

– Mestre Allain deu ordens para que você cuide dele. Vim deixá-lo sob sua tutela.

Esperei que o mestre dos cães risse das novas ordens, ou que me xingasse pela estranha responsabilidade, mas tudo o que ele fez foi sorrir depois de outro trago. Achei que o nome do abade pudesse tê-lo amedrontado; que Dodd aceitaria a tarefa e depois encontraria alguma forma de se livrar da responsabilidade. Mas o mestre dos cães limitou-se a beber, enquanto eu lutava para acalmar a criança.

– Encontramos a carroça na estrada. Uma coisa feia, não sobrou ninguém. Irmão Lok acha que foram *dhäeni*. Eu ainda não entendo por que o Imperador não acabou de uma vez com essa gente.

– Alguém deve vir procurá-los logo. Talvez o pai não estivesse com eles. É só por um tempo, Dodd.

Uma das suas cadelas passou pela porta, farejando o ar e rosnando ao me perceber. Era uma criatura grande, gorda e hirsuta, com uma aparência maltratada e má, que Dodd a chamava de Monstra. Eu me lembro de vê-la farejando na direção da criança e lambendo os dentes, ansiosa, como se tivesse avistado um pequeno jantar. Olhei para Dodd esperando sua ajuda, mas o mestre dos cães me deu as costas para atiçar o fogo do braseiro.

– Como será que ela chegou até o monastério? Não tinha nenhuma marca na neve, só uns pingos de sangue, como se ela tivesse voado até ali. Coisa mais estranha. – Dodd parecia desviar do assunto.

– Mestre Lok lembrou que sua irmã teve filho a pouco tempo. Talvez ela pudesse adotar a criança como ama de leite.

Dodd parou um instante para considerar aquelas palavras e tomar um gole de sua garrafa.

– Minha irmã já não vive mais na aldeia. Ela se mudou para o sul com o filho e o inútil do marido dela.

Toda a minha esperança pareceu escorrer pelo chão. Eu não podia voltar ao monastério com a criança, Allain não a aceitaria e eu temia que se tentasse leva-lo até a aldeia a nevasca nos matasse pelo caminho. Dodd deve ter percebido o medo em meu rosto, pois foi ele quem sugeriu uma alternativa.

– Tem uma mulher na aldeia que teve bebê a pouco tempo. Posso trazê-la para alimentá-lo em troca de algumas moedas.

Lembrei-me do ódio no rosto de Allain e da nevasca impetuosa que caia do lado de fora. Aquela criança já tinha passado por tudo e não resistiria a mais desafios. Foram essas as desculpas que repeti para mim mesmo, ano após ano, depois que tudo deu errado, mas a verdade teimava em surgir quando eu me deitava na cama, sozinho com meus pensamentos.

A verdade era que eu estava feliz de me livrar daquele fardo. Aceitaria qualquer coisa que Dodd me pedisse, só para que ele tirasse aquele bebê dos meus braços. A verdade é que eu não aguentaria ver aquela criança morrer novamente, mas não esperava que ela sobrevivesse até o fim do inverno, depois de tudo o que tinha passado para chegar ao mundo.

– Se vierem procurá-lo, talvez exista uma recompensa – insinuei, esperando que fosse o suficiente para que o mestre dos cães zelasse pelo bebe.

Ele olhou para mim de forma maliciosa e sorriu, fingindo acreditar em mim. Assim, eu não tinha mais nada a fazer, exceto ir embora.

Parei na porta da cabana, vendo a noite do lado de fora e ouvindo Dodd, às minhas costas, brigar com a cadela que pulava para farejar a criança nos seus braços. Puxei o hábito de lã sobre o pescoço para tentar me proteger do vento frio. Queria ter me virado. Queria ter me despedido daquele pequeno milagre, mas sabia que, se o fizesse, provavelmente não teria coragem para ir embora. Bati a porta atrás de mim e enfrentei com coragem o que restava daquele duro inverno.

•••

A família do garoto nunca apareceu. Os sete mortos da caravana foram cremados seguindo as tradições do norte e suas cinzas transformadas em pequenos ídolos de barro deixadas no santuário do monastério para oração.

Dodd cumpriu sua promessa e conseguiu uma ama de leite, uma mulher de seios minúsculos e péssima reputação, com uma filha chamada Liliah, uma bastarda que algumas pessoas diziam pertencer a Dodd. Suas visitas à casa do mestre dos cães levavam algumas horas e dizia-se que, se você passasse diante da sua porta quando ela estava lá, ouviria as risadas da mulher acima do choro da criança. Aquilo não era a pior coisa que se dizia a respeito de como Dodd cuidava do garoto. A maioria dos boatos a seu respeito desafiavam qualquer lógica.

Quando o garoto cresceu, nós o chamamos de Mastim. Ele se tornou uma criaturinha irritadiça, que mordia tudo o que via pela frente quando seus dentes estavam nascendo, e o apelido ganhou força depois de ele arrancar o nariz de um noviço.

Embolado entre os cães de Dodd, o garoto tinha se tornado mais animal do que homem. Diziam que Mastim era amamentado com leite de cadela, embora nunca ficasse claro se eles se referiam a um cão de verdade ou à amante de Dodd. Também diziam que um demônio da floresta rondava a casa do mestre dos cães, tentando roubar a alma do garoto, mas todos sabem que demônios não pisam em solo sagrado. Falava-se sobre como os cães o cercavam. Principalmente a grande cadela que Dodd chamava de Monstra, que o acompanhava com olhos atentos, onde quer que ele fosse. Falar era tudo o que aquela gente simples sabia fazer.

Andávamos ocupados no monastério. Durante muitos anos os cavaleiros de Kimpus eram a única lei por uma vasta região, cobrindo três aldeias e um emaranhado de estradas tomadas por bandidos, enquanto os monges se ocupavam em manter os registros atualizados, para que nenhuma ofensa fosse esquecida pelo Senhor dos Justos. A lei dos deuses não é a lei dos homens, e a justiça dos homens em nada se compara com a justiça divina. Mesmo assim, éramos tudo o que aquele povo tinha diante do completo caos.

Com o fim da guerra, o Imperador tinha o desafio de restaurar a antiga glória de Karis. A guerra havia devorado os homens da Ordem dos Magistrados, que lutaram para preservar as leis do Império enquanto o conflito transformava os homens em bestas.

Com a paz, veio a missão de treinar novos magistrados. Seguindo a tradição da Ordem, os aspirantes eram enviados para ser educados pelos monges kimpônicos, para endurecer seu caráter diante das leis divinas.

Dezenas de noviços entre dez e dezessete anos, em sua maioria filhos de mercadores ricos e nobres falidos, passaram a viver entre os monges, seguindo sua rígida rotina, estudando e praticando os ofícios da cavalaria, na tentativa de pertencer à Ordem e receber a honraria de Cavaleiro das Leis do Império.

A presença de outras crianças não facilitou a vida de Mastim.

O garoto cresceu forte, mas logo ficou claro que havia algo de errado. Retraído, passava os dias correndo pela floresta com os cães, grunhindo e latindo, sem nunca pronunciar uma palavra. Era difícil dizer se ele nos entendia. Ao gritarmos, Mastim se assustava; ao chamarmos, ele se retraía. Temia a água, como temia o fogo, e evitava outras companhias sempre que possível. Os cabelos desgrenhados viviam cheios de piolhos e carrapatos. Arrastava-se de um lado para o outro como um símio, curvado ou apoiando as mãos no chão, e só os deuses sabiam com que tipo de sofrimento Dodd conseguiu obrigá-lo a vestir os trapos imundos que chamavam de roupa.

Fico pensando se, apesar das surras constantes, das pedradas dos aldeões, dos dias dormindo ao relento ou chorando por restos de comida, algo pôde distraí-lo das suas misérias. Naqueles anos, porém, eu não me preocupei com nada disso. Nós nos convencemos de que ele era um idiota, e que simplesmente não tinha necessidade de nada diferente. Hoje, depois de recolher todos esses relatos e saber tudo o que eu sei, tremo em pensar no inferno que aquela criança passou até se tornar o demônio que entrou para a História. Mastim uivava, mordia, corria e se coçava como um cão, e, depois de um tempo, a maioria das pessoas não podia vê-lo de outra forma. Era um animal sujo. Algo mais desprezível que um *dhäen*. Um simples cão vadio, cuja lealdade parecia indefinida e cuja presença era melhor evitar.

Tudo o que sabíamos sobre ele estava errado, é claro, mas quando percebemos isso já era tarde demais. Talvez, se eu soubesse naquele tempo tudo o que eu sei hoje, pudesse ter evitado todo o seu sofrimento e poupado todas as vidas que foram perdidas quando ele finalmente teve poder para controlar o seu destino. Outras vezes eu gostaria de esquecer. Gostaria de não saber o que sei. Aquilo no que acreditávamos começou a mudar quando Liliah foi morar na casa de Dodd.

Sua mãe, a ama de leite de Mastim, foi levada pela febre de verão. Com a sua morte, o mestre dos cães insistiu para que Liliah fosse viver com ele, e só Kimpus sabe com que argumentos Dodd convenceu Allain a permitir a presença de sua filha nas terras do monastério, desde que permanecesse fora de seus muros.

Embora vivessem sob o mesmo teto, Liliah e Mastim tinham tratamentos diferentes. O garoto dormia do lado de fora, junto à matilha no canil, aninhado junto à velha Monstra, com as feridas expostas e uma selvageria assassina no olhar. As feridas de Liliah eram menos evidentes, e em seus olhos havia apenas submissão e medo. Só Kimpus sabe onde a garota passava as suas noites, e era difícil dizer qual dos dois vivia em situação pior. Talvez pela proximidade de suas mazelas, talvez por compartilharem diariamente os abusos de um mesmo homem, talvez pela idade próxima ou por vontade dos deuses, os dois estavam condenados à amizade.

Liliah era uma coisinha muito magra e pequena para a idade. Seus cabelos eram quase brancos, e tinha grandes olhos azuis, meio separados, que nunca se erguiam do chão. A garota estremecia na presença de qualquer pessoa, mas não havia ninguém que ela temesse mais do que Dodd.

O mestre dos cães estava sentado na porta de sua cabana, dando longos goles em uma caneca de cerveja, enquanto esperava Liliah terminar de preparar o jantar. A garota arrancava as penas de um *khirk* com dificuldade, sem coragem para limpar os olhos cheios de lágrimas. Mergulhava o pássaro na água quente, para soltar suas penas, sentindo quase que com prazer o calor que queimava a sua pele.

Dodd tomou outro gole de cerveja e viu outro *khirk* pousando num galho de árvore. O pássaro de penas azuladas olhava para ele curioso, como se tentasse entender o que estavam fazendo com o companheiro morto.

– Desce dai, seu ladrãozinho com penas. Com uns quatro de vocês eu consigo um jantar decente – Dodd provocou. *Khirks* não tinham muita carne, mas havia muitos deles para caçar. Pelas manhãs eles se amontavam para comer suas hortaliças, e Monstra corria atrás deles, vez por outra apanhando um e o trazendo, vitoriosa, entre os dentes.

Lilian soluçou e fungou, com os pequenos punhos cheios de penas azuis entre os dedos.

– Pare de chorar! – Dodd gritou. – Não foi tão ruim assim. Você parece a cadela da sua mãe!

A garota nunca retrucava. Colocava mais força no seu trabalho e ignorava as palavras de Dodd, assim como ignorava o latido ensurdecedor dos cachorros no canil. Apenas Monstra continuava do lado de fora, agora tão velha quanto má, ainda que permanecesse leal e obediente aos comandos do seu senhor.

Liliah terminou de limpar o *khirk* e cortou seu pescoço com um único golpe de cutelo. Viu o que restava de sangue escorrer pela mesa e sentiu o peso da lâmina em sua mão, com pensamentos que nenhuma garota da sua idade deveria ter. Sentiu uma comichão em sua nuca e olhou para trás, se encolhendo, quando viu Dodd sorrindo para ela.

– Meu pescoço é um pouco mais grosso do que esse, menina. – Ele limpava a cerveja do bigode enquanto se divertia com o medo de Liliah.

A garota ignorou o comentário, como teria ignorado qualquer outra coisa vinda do mestre dos cães. Voltou ao trabalho, abrindo a barriga do *khirk* e arrancando as suas vísceras, com um prazer que divertia Dodd. Os cães urravam ao sentir o cheiro de sangue. O mestre dos cães se levantou e apanhou alguns miúdos do pássaro para jogar dentro do canil. Através das ripas de madeira, assistiu enquanto os cães se enfrentavam pela comida, tentando avaliar quais eram os mais fortes, quais deviam continuar como cães de caça e quais deviam ser levados para participar das rinhas que começariam na próxima lua.

– Aquele *dhäen* deve estar rondando minha horta de novo. Essas malditas aves o seguem como se ele tivesse amoras no bolso. Diabos, ele deve ter mesmo amoras nos bolsos.

Liliah terminou de limpar o *khirk* e o levou no espeto até a fogueira acesa, deixando-o cozinhar junto ao anterior. O cheiro do assado encheu a sua boca de água. Ela ouvia os cães lutando e ganindo dentro da canil, ouriçados pela fome, e sabia que aquele barulho iria durar a noite inteira. Quase não se importava mais.

– Você está com fome?

Liliah se virou para responder, mas não era com ela que Dodd falava. O mestre dos cães tomava outro gole de sua caneca, enquanto olhava para o garoto sujo que se encolhia do outro lado da grade.

– Seja corajoso como os outros. Eles lutam, eles comem.

Mastim não respondia. Liliah sentia pena do garoto, mas não tinha coragem para fazer nada a respeito. Nossas reclamações ao abade também não adiantavam. Bastava virarmos as costas para Mastim justificar aquele tipo de tratamento com surtos de violência e ataques a pessoas inocentes. Tudo que o mestre dos cães precisava era sorrir e cruzar os braços enquanto Mastim vagava pela mata até chegar às casas da aldeia ou a uma fazenda. O garoto roubaria um pão ou morderia uma criança, provocando a ira dos moradores, que logo viriam se queixar com Allain. O abade iria até Dodd, pedindo que mantivesse o idiota sob controle, e o ciclo se reiniciaria.

Quando questionei Allain sobre aquilo, o abade olhou para mim e sorriu, como se esperasse por aquela pergunta.

– Ora, Belic! – ele disse, no tom mais amistoso que conseguiu encontrar. – Dodd faz o melhor possível com o problema que você arrumou para ele.

Dentro do canil, Mastim recuou para as sombras, afastando-se da presença de Dodd. Os cães voltaram a se acalmar, esperando por comida, mas seu mestre não tinha mais nada a oferecer.

A cerveja de Dodd acabou, e ele entrou na cabana em busca de mais álcool. Liliah ouvia o mestre dos cães brigando com Monstra enquanto pratos de madeira e copos de chifre caiam pela casa.

A garota aproveitou o intervalo para esticar os dedinhos e arrancar pequenos pedaços do pássaro assado. Sua barriga doía, e ela não conseguia se lembrar da última vez que tinha comido algo que não fosse pão ou mingau de ervilhas. Enfiou um pedaço de carne na boca, olhando para os lados, aterrorizada com o retorno de Dodd. Viu o olhar desconfiado de Mastim de dentro do canil, com uma expressão suplicante e faminta. Liliah tinha tanto medo do garoto quanto tinha de Dodd. Quando se mudou para a casa do pai, Mastim a atacou como teria feito com qualquer estranho, mas isso não era motivo para deixá-lo com fome. Dodd tinha soltado um vigoroso arroto dentro da cabana e agora ria sozinho. Liliah se apressou até o canil, com um pedaço de carne entre os dedos.

– Por favor, não me morda! – sussurrou para as barras.

Mastim usou os dentes para agarrar a carne de *khirk* dos seus dedos com uma tranquilidade quase agradecida, e Liliah sorriu, como se tivesse acabado de domar uma fera selvagem. O garoto idiota do monastério se encolheu ganindo baixo, enquanto engolia os fiapos de comida. Lambeu os dedos, procurando por mais. Liliah sentiu pena dele. No começo tinha medo do garoto que pensava ser um cachorro. Mastim a seguia para onde quer que fosse, mas rosnava se ela tentasse se aproximar. Dodd era gentil e a defendia chutando o garoto para longe, prometendo que ele não lhe faria mal. Para protegê-la do cachorro malvado, o mestre dos cães deixou Liliah dormir em sua cama, e então ela entendeu quem era o verdadeiro monstro daquela história. Às vezes Liliah também gostaria de ser um cão.

A garota conhecia bem a fome, e pensou em buscar outro pedaço de pássaro para Mastim. Dodd saiu na porta e a viu, no instante em que soprava para esfriar um pedaço suculento de carne nas mãos.

– Que merda você está fazendo? – Dodd tinha o tom sombrio da fúria na voz. Liliah escondeu as mãos, como se pudesse ignorar seu crime, mas era tarde demais. O mestre dos cães pareceu dar apenas dois passos até agarrá-la pelos braços. – Sua cadelinha, desgraçada, você está roubando de mim?

O tapa de Dodd cobriu o rosto de Liliah, jogando a menina no chão como uma boneca triste. Os cães voltaram a rosnar, agitados pela briga. Dodd a levantou da poeira e sacudiu-a pelo ombro, ignorando o sangue em seus lábios, chamando-a de bastarda e filha de uma puta.

– Aposto que você nem é minha filha. A puta da sua mãe abria as pernas para qualquer um. Você tem a quem puxar, bastarda.

Dodd jogou Liliah no chão outra vez, chutando-a como teria feito com um cachorro desobediente. Monstra latiu e rosnou para a menina caída. Liliah era uma coisa pequena, diante da cabeça quase bovina da cadela, rosnando com os dentes à mostra e derrubando baba sobre ela. Dodd tomou outro trago de cerveja e se inclinou para agarrá-la.

Mastim se moveu rápido, como uma cobra dando um bote. Enfiou o braço fino pelas grades, tentando arranhar o rosto de Dodd com as unhas sujas. O mestre dos cães se desviou por pouco, desequilibrou-se e caiu para trás de bunda no chão, amaldiçoando-o. Liliah aproveitou para tentar fugir, debruçada pela dor do golpe, mas Dodd não a deixaria escapar tão fácil assim e a agarrou pelo tornozelo.

– Onde você vai? – Dodd parecia dominado pela raiva. Os cães uivavam ao seu redor, e Monstra tentou morder a perna da garota, como teria feito com qualquer presa caída próximo dela. – Silêncio, cães do inferno!

– Eu não fiz nada. Eu não fiz nada. – Liliah batia os pezinhos, tentando escapar enquanto as lágrimas brotavam em seus olhos.

Dodd era rápido em sua raiva. Os anos me ensinaram que os homens de moral diminuta tendem a compensar sua insignificância abusando do poder que têm. Dodd segurou Liliah pelo pescoço, lutando contra a vontade de quebrá-la feito um graveto.

– Quieta! – Dodd viu Mastim se bater contra a jaula, tentando alcançá-lo, e se surpreendeu com a sua ferocidade. Dodd achava que Mastim fosse um animal covarde e arredio, como todos os seres sob seu comando, se encolhendo à sua frente com o olhar cheio de rancor e nenhuma coragem para enfrentá-lo, mas ali estava ele lutando contra as grades. Algo havia mudado na sua atitude, e Dodd sorriu ao se ver desafiado. – Você quer me bater?

Os cães continuavam seu canto de guerra, farejando a raiva em seu sangue. Dodd segurava Liliah pela base da nuca, apertando o pescoço fino com dedos de alicate, acrescentando mais hematomas à sua pele branca. A menina tinha o rosto sujo de sangue, fuligem e lágrimas.

Apesar de viver em suas terras e comer do seu pão, Dodd não era fiel ao Senhor dos Justos. Seguia a religião do oeste e devia obediência apenas aos seus antepassados. Kimpus não tinha lhe dado mais do que um emprego e aquela criança desgraçada que roubava a comida de sua mesa. Dodd não acreditava em justiça, mas podia entender a vingança e sabia que, se quisesse a obediência de um cão, precisava ser temido por ele. Mastim voltou às sombras, com os olhos vidrados em Dodd. O mestre dos cães saboreou a pequena vitória, mas aquilo ainda era pouco para a raiva que sentia.

Dodd abriu a porta do canil, e os animais se agitaram pela sua presença. Alguns deles se encolheram amontoados em um dos cantos, mijando e ganindo, temendo a fúria do mestre dos cães, enquanto outros passaram por ele e fugiram, espalhando-se por todos os lados. Dodd apanhou um chicote curto pendurado ao lado da porta e castigou os animais até que eles o deixassem sozinho com Mastim. Agarrou um deles pelo couro frouxo do pescoço, arrastando-o de volta à cela. Era uma cadela delgada e castanha, que lutava contra a própria velocidade para nunca ultrapassar o líder da matilha. Uma criaturinha covarde que se torceu tentando se livrar da força de Dodd.

Apenas Mastim permaneceu no cercado. Ele via a raiva que faiscava no fundo dos olhos de Dodd e sabia bem o que aquilo queria dizer. Andava de um lado para o outro, saltando entre as grades, como um animal acuado procurando uma saída, mas seu mestre não o deixaria escapar assim tão fácil. Dodd jogou a cadela para dentro e chicoteou-a.

– Então você se acha valente! É uma pena, mas eu não luto com cães. Vamos ver como você se sai com alguém do seu tipo.

Dodd estalou o chicote no chão úmido do canil, e os dois animais já sabiam o que aquilo queria dizer. A cadela olhou para Mastim vendo nele um adversário. Mastim parou de correr para encarar Castanha, à espera do ataque. Mantinha as mãos cravadas no chão cheio de merda e as pernas tensas para um salto, rosnando sob a cabeleira suja de lama e infestada de piolhos.

Castanha também pressentia o perigo, ouriçando a pelugem das costas, enquanto rosnava para intimidar o garoto, que ela via como outro cão. Dodd já havia tentado aquilo antes, mas Mastim sempre se recusava a lutar. Tinha aprendido a fugir, usando os braços e pernas para se pendurar pela cela até que o oponente se cansasse, mas daquela vez ele tinha uma idéia.

– Então você gosta desse idiota, não é? – ele perguntou para Liliah.

A garota soluçava, tremendo de medo, e não teve tempo de responder. Dodd a puxou pelos cabelos, jogando-a no meio do canil. Mastim rosnou, correndo para um dos lados e tentando entender as intenções do mestre dos cães, mas Castanha viu na figura frágil da menina apenas outra ameaça e não hesitou em atacá-la. Liliah se protegeu com os braços e sentiu os dentes da cadela rasgando a sua carne, resvalando nos seus ossos. Monstra tinha ficado de guarda ao lado de Dodd e latia, parecendo tão contente quanto seu dono. Liliah gritou por socorro; Dodd também queria puni-la por tê-lo roubado.

Mastim pulou nas costas de Castanha, agarrando a cadela pelo pescoço. O animal se debateu, tentando se livrar do garoto, mas Mastim não lutava como os outros cães. Ele apertou o braço ao redor do pescoço da cadela, ouvindo-a engasgar, enquanto soltava Liliah para se concentrar no atacante. A garota se arrastou para um dos cantos, apavorada, o braço lavado em sangue escuro. Mastim era mais pesado do que a cadela, mas Castanha parecia feita de puro músculo e se debatia apavorada, presa entre seus braços.

– Matea-a! – Dodd babava cheio de ódio. – Mate a desgraçada!

Talvez Mastim não o entendesse, mas lutou contra a força do animal, jogando-se no chão e usando braços e pernas para imobilizá-lo. A cadela bufava e babava, perdendo o ímpeto. O coração bombeando um sangue que não chegava a lugar algum. Mastim sentia nos dedos enquanto ela desistia da própria vida, e então o coração já não lutava mais. Os olhos caninos compreendiam a própria derrota; ela serenou como se esperasse a própria morte.

– Mate-a, seu desgraçado! – Dodd chicoteava a lama ao redor de Mastim, atiçando-os a lutar, mas não havia mais por quê. A cadela tinha se entregado.

Mastim a soltou do abraço mortal e viu a cadela imóvel no chão, respirando com tranquilidade. Castanha olhou para Mastim com olhos inteligentes e lambeu o próprio focinho, como se saboreasse um petisco. Sem ar, o garoto se sentou no chão ao seu lado e estendeu a mão para tocar o seu focinho.

– Maldito idiota! – Dodd golpeou com o chicote as costas de Mastim, rasgando os trapos que lhe serviam de camisa. – Eu mandei matá-la!

Mastim se desviou do segundo golpe pulando de lado e empurrou Dodd para correr na direção da porta, ao mesmo tempo que Castanha se levantava para segui-lo com as longas pernas em trote. Monstra tentou alcançá-los, mas não tinha nem metade da sua velocidade. Liliah segurava o braço fino, dilacerado pela cadela, e tentou fugir também, mas Dodd estava preparado e a agarrou pelos fios loiros.

– Você não! – Dodd puxou Liliah pelos cabelos para fora do canil, a tempo de ver Mastim e Castanha, desaparecendo no meio das árvores. – Onde você vai, idiota? Você não pode fugir. – Ele riu.

– Por favor, eu não fiz nada. Eu não fiz nada – Liliah implorava, mas era inútil. Dodd bateu outra vez no seu rosto inchado e a arrastou para dentro de casa. A garota não lutava mais. Ela já sabia o que devia esperar a partir dali.

No quintal, Monstra derrubava o pássaro assado no espeto e o abocanhava, sob o olhar guloso dos outros cães.

•••

Ainda me lembro da noite em que encontrei Mastim pela última vez. Eu já o tinha visto meia dúzia de vezes no decorrer dos anos, sempre em situações duvidosas que me faziam questionar a vontade de Kimpus sobre os homens, mas já fazia algum tempo desde o último encontro. Os soldados do Império resistiam contra rebeldes separatistas, em um massacre que saltava de aldeia em aldeia. Eu tinha deixado o monastério junto com um grupo de cavaleiros, tentando proteger o povo da sanha assassina de ambos os lados, e o encontrei sentado junto ao fogo, rodeado por meia dúzia de mercenários, bebendo enquanto esperava o jantar ficar pronto, sem se importar com a carnificina e os gritos de estupro ao seu redor.

Naquela altura da vida ele já era um homem e um senhor de soldados, embora conservasse no olhar a mesma selvageria da juventude. Somente os amigos mais antigos e os inimigos mais declarados ousavam chamá-lo de Mastim, e a maioria das pessoas evitava a sua presença, mas ele havia aprendido a tolerar minha companhia em nome dos velhos tempos.

Depois do jantar, os outros mercenários se levantaram para cuidar dos seus afazeres, deixando-nos a sós para conversar. Mastim sacudia lentamente uma caneca de cerveja, para misturar o lúpulo que se concentrava no fundo, e eu pensava no quanto de sua história eu ainda não conhecia. Seus pecados o arrastariam ao fundo do Mar da Agonia, após a sua morte, e não haveria uma palavra em sua defesa.

– Você devia ir embora, irmão. Amanhã a batalha vai recomeçar. – Ele tentou me expulsar, mas eu tinha um bom motivo para estar ali.

– Não posso, garoto – eu disse, mesmo sabendo que havia muito tempo que ele não era um garoto, se é que algum dia o tinha sido. – Antes de ir, preciso anotar a sua história.

Mastim riu. A idade o havia presenteado com uma gargalhada fácil e uma ira mais fácil ainda. Em alguns momentos chegava a me lembrar o próprio Dodd, principalmente quando estava bêbado demais para lidar com o mundo. Mastim olhou fundo nos meus olhos e viu que eu não estava brincando, então começou a me contar uma história suja, com duas prostitutas e uma princesa sulista, na tentativa de me escandalizar, uma tarefa difícil depois de todos aqueles anos ouvindo e anotando a confissão dos outros. Eu sacudi a mão, detendo-o bem no meio de um gesto obsceno, e o fiz se calar.

– Conte-me sobre o dia em que você conheceu o *dhäen*.

Ele resmungou, mal-humorado, e se sentou novamente, bebendo de uma vez só o que restava da cerveja. Por um instante murmurou sozinho, como se lutasse contra seus próprios demônios. Fazia muitos anos que ele não pensava sobre aquele dia, e a memória era enevoada e distante. Aguardei pacientemente ali do seu lado, até que por fim Mastim contou sobre a luta dentro do canil e sobre o cheiro das folhas batendo contra o seu rosto enquanto corria entre as árvores.

Os pés cortados pelas raízes não diminuíam sua velocidade. Não era o medo de Dodd que o fazia correr, mas ele não sabia dizer de fato o que era. Por mais que tentasse, não conseguia mais do que uma impressão dos seus pensamentos sobre aqueles anos. Boa parte das suas memórias tinham desaparecido com tudo o que aconteceu depois, mas ele fez o melhor que pode para relembrar.

As pessoas evitavam a floresta sempre que possível. Ela ficava em terras do monastério, que tinha recebido permissão do Imperador para extrair sua madeira e explorar sua caça, mas mesmo isso era feito a contragosto, permitindo que ela crescesse selvagem e intocada através dos anos. Era um território estranho, cheio de criaturas estranhas, onde um *dhäen* vagabundo tinha feito morada com o fim da guerra.

Apesar dos esforços dos cavaleiros do monastério em mantê-lo afastado, uma vez a cada um ou dois meses o *dhäen* ia até a aldeia, trocar poções e unguentos por vinho, temperos e outros viveres. Era uma criatura sombria, de vingativos olhos cor de pérola, que nunca falava com ninguém. Mantinha as pessoas afastadas espalhando carcaças de animais ao redor do seu território e espantando os mais ousados com flechas e armadilhas. Mas Mastim não era como os outros.

Ele não lembrava por quanto tempo correu, nem em que direção vagou, mas em determinado momento foi dominado pelo cansaço e pela sede. Ajoelhou-se ao lado de um córrego e inclinou-se para beber a água que escorria pela pedra. Só então se deu conta de como suas costas doíam onde Dodd o tinha castigado com o chicote. O sangue seco havia formado uma crosta negra colada à camisa de linho imunda.

Mastim olhou para trás e viu Castanha arrastando-se no chão com orelhas baixas. Lembrou-se da luta no canil, mas não sentia raiva da cadela. Mesmo dentro das suas limitações, conseguia compreender que Castanha tinha tanto controle de seu destino quanto ele. Eram apenas brinquedos nas mãos de um mestre. Assim como Castanha não o culpava pela própria derrota, Mastim não podia culpá-la por qualquer ferimento. Entre os cães não existia nada parecido com rancor.

Ele não reconhecia aquela parte da floresta. *Khirks* se espalhavam pelos galhos, sacudindo suas penas azuis e olhando em sua direção com grandes olhos de cor amarelada. Pássaros sinistros e sem voz, que passavam o dia roubando coisas brilhantes para enfeitar seus ninhos. Mastim rosnou uma advertência para que ficassem longe, mas os pássaros não pareceram se importar. Permaneceram no mesmo lugar, agrupando-se para enfrentar o frio.

Castanha se aproximou do garoto e começou a lamber as feridas em suas costas. Mastim se contorcia com o passar suave da língua, irritado e agradecido. Sob a copa das árvores já era noite, mas Mastim não tinha a menor intenção de voltar. Encontrou um tronco caído ao lado de uma pedra e se deitou, com Castanha ao seu lado, compartilhando o calor para atravessar o sereno da noite. Adormeceu quase imediatamente.

Foi a cadela quem o acordou de madrugada. Mastim sentiu o rosnado estremecendo seu peito antes de ela se colocar em alerta. Imóvel, ele vasculhava o breu atrás de qualquer sinal de ameaça. A floresta era cheia de sons; insetos cantavam enquanto eram perseguidos por morcegos e *khirks*. Corujas cravavam suas garras em ratos que morriam com um leve suspiro. Árvores agitavam seus galhos ao vento noturno. Tudo era sombra, contra um luar pálido que surgia e desaparecia sobre as nuvens. Tudo cheirava a relva e terra.

Castanha rosnou novamente.

Mastim se moveu olhando na direção do arbusto para onde Castanha latia. O vento soprava as longas folhas para o lado, sem que nada mais se movesse. Mastim farejava o ar, procurando pelo cheiro característico de algum animal. Já teria percebido se fosse um javali, mas talvez fosse alguma serpente. Sentia o cheiro da chuva prestes a cair, acompanhada de um mormaço povoado por vaga-lumes de cor esverdeada.

Um raio brilhou longe, seguido pelo rugido do trovão. Mastim sentiu seu coração acelerar, como se estivesse correndo perigo. A ameaça vagava em silêncio ao seu redor, sem cor ou cheiro, mas ele sabia que ela estava lá. A luz de outro raio atravessou as folhas das árvores, iluminando o arbusto para onde Castanha latia. Mastim sentiu seu coração dar um salto ao ver estranhas penas no lugar em que ele esperava ver folhas.

Então ele viu olhos de um cintilar perolado, e um arrepio gelado percorreu sua espinha. Um raio caiu mais próximo. Mastim colocou-se de pé para fugir ou atacar, enquanto Castanha latia com selvageria ao seu lado. Então aquilo que ele pensava ser uma moita se ergueu, como uma coisa viva e cheia de folhas. Era tarde demais para fugir. Eles avançaram contra a criatura, prontos a abatê-la com unhas e dentes.

Mastim ouviu algo estalando sob seus pés, e o mundo se revirou, sem sentido. Uma rede saiu do chão, abraçando-o junto com sua cadela, e o ergueu em direção aos galhos de árvores. Castanha gania, debatendo-se e arranhando-o enquanto mordia as cordas para tentar se soltar. Mastim tentava se colocar de pé, mas simplesmente não havia espaço para isso. A floresta girava ao seu redor, enquanto o *dhäen* os encarava do chão, avaliando-os para entender o que eles eram. Desapareceu nas sombras quando a chuva começou a cair.

Ele lutou contra as cordas durante toda a noite, até que desistiu, por pura exaustão. A chuva atravessava a copa das árvores para cair ao seu redor, e pela manhã ele se viu novamente com fome e frio, roendo as cordas na tentativa de escapar. Castanha parecia ter desistido, limitando-se a chorar baixinho, enquanto aguardava a morte.

Mastim ouviu os passos do *dhäen* se aproximando e virou a cabeça para tentar ver o que ele estava fazendo. Era um homem alto, vestindo uma calça de couro justa e calçados marrons de aparência fina. Usava uma camisa de algodão que devia ter sido branca um dia, mas agora parecia acinzentada e velha. Sobre os ombros um manto com capuz de um azul tão escuro que parecia preto e que combinava bem com seus cabelos de um azul mais claro, enfeitados com penas de pássaro. Sua pele queimada era coberta por pintas, sobretudo nas mãos, nos ombros no couro cabeludo, mas, de tudo o que Mastim via, nada era mais surpreendente do que seus olhos perolados, brilhando como estrelas pálidas sob a sombra de uma tatuagem negra.

Castanha viu o *dhäen* e voltou a se debater, assustada, enquanto Mastim tentava segurá-la para que não o machucasse mais. O *dhäen* olhou para eles como se tivesse se esquecido do que faziam ali e inclinou a cabeça de lado, como teria feito um *khirk* ao ver um objeto brilhante. Afastou o manto para revelar uma faca comprida e curva como uma garra de águia, que saltou da bainha. Mastim compartilhou do medo de Castanha, mas, enquanto a cadela lutava para se mover, ele se esforçava para ficar imóvel, procurando uma saída. O *dhäen* não avançou contra eles. Ao invés disso, simplesmente cortou a corda que prendia a rede, derrubando-os no chão fofo da floresta.

Mastim se desvencilhou da rede com facilidade e corria para longe quando ouviu Castanha gemendo um pedido de ajuda. O garoto hesitou. O pouco de humano que ainda havia dentro dele o mandava fugir, mas foi o animal no controle que pediu compaixão pela companheira capturada, e Mastim voltou para ajudá-la.

Viu o *dhäen* segurando a cadela no chão, lutando contra a rede. Seus olhos perolados faiscavam malícia, ameaçando-a com a faca. Mastim não pensou duas vezes antes de saltar sobre ele para salvar a companheira. O golpe pegou o *dhäen* desprevenido, desequilibrando-o na direção do riacho, fazendo a faca escapar da sua mão. Mastim caiu agarrado a ele, arranhando e mordendo, rolando o pequeno barranco de lama, na esperança de que Castanha conseguisse se libertar. O *dhäen* não estava desprevenido e o afastava com uma das mãos, usando seu tamanho para evitar a pior parte dos golpes. Mastim era selvagem e lutava usando apenas o seu instinto, mas estava fraco depois das últimas provações e não era páreo para o *dhäen*.

Com os pés enfiados na lama do riacho, seu oponente distanciou-se dele e ficou abaixado, como um gato teria feito antes de apanhar um roedor. Mastim o rodeou, sentindo a fúria arder em suas veias, e partiu novamente para o ataque. O *dhäen* estava esperando e, assim que Mastim se aproximou, soprou uma poeira salgada diante dos seus olhos. Ele sentiu sua garganta arder e trancar, ao mesmo tempo que seus olhos se fechavam, cheios de lágrimas. Fogo e trevas agarraram seus pulmões em busca de ar, e Mastim lutou para não sufocar, mas foi em vão. O *dhäen* se aproximou para vê-lo se debater no chão, em sua luta para voltar a respirar, mas aquilo não durou muito mais. Sua visão ficou turva. Sua mente ficou confusa. Era impossível manter a consciência. Logo tudo havia se acabado.

Acordou com os latidos de Castanha. A cadela lambia seu rosto chamando-o de volta à vida. Mastim abriu os olhos, completamente esquecido de onde estava, e olhou ao redor, tentando se lembrar de como tinha chegado ali. Estavam em uma caverna ampla e curva, onde uma fogueira havia sido acesa. Diante do fogo o *dhäen* mexia uma panela de onde vinha um cheiro agridoce. O garoto ficou em silêncio, procurando algum sinal de perigo.

A caverna tinha sido atulhada com sacos de víveres e potes de barro. Em um dos cantos, um arco pousava ao lado de uma aljava de flechas. Folhas de diferentes formatos pendiam presas à parede, exalando perfumes almiscarados. A chuva continuava lá fora como um chiado frio e hostil, enquanto a caverna oscilava sob a luz da fogueira que crepitava, projetando sombras diabólicas na parede. O *dhäen* se levantava, andando de um lado para o outro, apanhando ervas nas paredes ou frutas dispostas em grandes cestos e jogando-as dentro da panela. Em um dos cantos ele arrancava pedaços de grandes cogumelos que cresciam na escuridão da caverna.

Mastim recuou para trás, um passo de cada vez, tentando chegar até a saída sem ser visto. Castanha olhou para ele erguendo as orelhas, curiosa com os seus movimentos. O garoto estava cansado, seu pulmão ainda ardia do ataque do *dhäen,* mas ele chamou a cadela para que pudessem fugir daquele lugar o mais rápido possível. Castanha pareceu não entender o que ele queria fazer e latiu. O barulho ecoou pelas paredes da caverna, chamando a atenção do seu captor. O garoto se jogou para trás, irritado com a traição, e viu Castanha correr até o *dhäen,* balançando o rabo submisso aos seus pés.

Os olhos perolados do *dhäen* se viraram para Mastim, faiscando em meio as trevas. A tatuagem que cobria metade do seu rosto parecia uma extensão das sombras da caverna, um animal pegajoso que havia saltado das trevas para se agarrar a sua pele. O *dhäen* estava despido da cintura para cima revelando a pele queimada de sol, cheia de sardas e cicatrizes. Ele parou de mexer a panela para observar Mastim com a mesma expressão curiosa de antes. Mastim esperou, desconfiado, temendo virar as costas e ser atacado, mas o *dhäen* não fez mais do que se abaixar para acariciar a cabeça da cadela, dando a ela o que parecia um pedaço de pão.

Castanha se deitou aos pés do *dhäen*, mordendo o pão duro com vontade, fazendo Mastim se lembrar do quão faminto estava. Ele esperava que seu captor o atacasse, que jogasse novamente o pó fumegante que o tinha derrubado, ou que tentasse matá-lo com a longa faca, mas o *dhäen* não se moveu. Ao invés disso, virou-lhe as costas, como se sua presença não lhe importasse mais, e tirou da panela uma concha de ensopado, que derramou em uma tigela de madeira.

Mastim não sabia o que esperar. Pensou que deveria ir embora, mas algo na tranquilidade com que Castanha comia aos pés do seu captor afastava o medo do seu coração.

O *dhäen* estendeu para ele uma vasilha com o ensopado, mas Mastim não se moveu. Também ignorou o olhar desafiador de Castanha, que logo voltou a dar atenção ao seu pedaço de pão.

Podia ouvir a chuva caindo às suas costas, na entrada da caverna. Não havia nada que o impedisse de ir embora, mas Mastim estava cansado de correr e não sabia mais para onde ir. Também estava cansado de lutar, então simplesmente deixou-se ficar, enquanto observava o seu captor.

Era impossível saber imediatamente se as penas azuis em seus cabelos eram dele ou um arranjo feito ao acaso com penas de pássaro. Comia com a calma de quem nunca havia disputado cada dentada da comida com outro animal faminto.

As costas de Mastim não doíam mais. O *dhäen* tinha tratado seus ferimentos com unguentos e folhas de um vermelho sangrento, que exalavam um forte odor. Seus pés também tinham sido cuidados, e mesmo os menores ferimentos da sua pele tinham sido cobertos com medicamento. Só a fome o incomodava.

O *dhäen* deixou a vasilha com ensopado de lado, dando um tapinha gentil no nariz curioso de Castanha, para que se concentrasse na sua própria comida. Não disse nada, nem poderia dizer, mesmo se quisesse. Ficou apenas onde estava, comendo tranquilamente e fingindo ignorar enquanto o garoto se aproximava, fisgado pelo aroma da sopa.

Mastim agarrou a comida e correu para longe do *dhäen*, derrubando quase todo o ensopado pelo caminho. Sentado em um dos cantos, se debruçou sobre a vasilha e lambeu o que restava, lambuzando-se inteiro. O *dhäen* permaneceu onde estava, entornando longos goles do ensopado e mastigando os pedaços de cogumelos e legumes. Mastim ainda sentia fome, sua língua raspava na madeira da tigela, mas não havia mais nada para lamber. Seu estômago roncou tão alto que ele chegou a se assustar.

O *dhäen* olhou para ele, limpando a boca com as costas da mão. Serviu outra tigela com a sopa quente e grossa e a estendeu para Mastim. O garoto ainda tinha fome, mas não confiava no *dhäen*. Aproximou-se devagar, engatinhando, parando ao menor sinal de perigo. O *dhäen* esperou pacientemente até que ele pegasse a tigela de sua mão e não demostrou qualquer intenção de tocá-lo, enquanto Mastim se sentou no chão para comer. Castanha se aproximou dele e o garoto dividiu a sopa com a cadela, comendo da mesma tigela. Castanha, que já estava redonda de tanta comida, deitou e adormeceu, mas o garoto ainda tinha fome. O *dhäen* lhe serviu a terceira porção, acrescentando à sopa um punhado de cogumelos vermelhos com pequenos pontos brancos. Mastim os devorou com igual ferocidade.

Depois do quinto prato ele já se sentia letárgico e inchado de tanto comer. Mastim se virou para o lado, viu Castanha roncando com a barriga inchada para cima e pensou em se acomodar ao lado dela, mas percebeu subitamente com era difícil se mexer. O mundo se movia ao seu redor, como a imagem em uma poça d'água. Ele olhou para o *dhäen*, tentando entender o que estava acontecendo, e os olhos dele se arregalaram em dois túneis de luz que engoliram a sua cabeça. Mastim gritou, escorregando em alta velocidade na direção da luz, até desabar em um caleidoscópio de cores que convergiam para se tornar negras diante dele.

Seu ouvido pulsava com o barulho do sangue, que irradiava ao seu redor como raízes vermelhas, faiscando na cor do sol da tarde. Ele gritou, tomado pelo terror. A caverna tinha se convertido num útero, e um bebê pendia do seu teto, lutando contra seu saco amniótico. Mastim via a forma alienígena se movendo com lentidão diante dos seus olhos e sorriu, sentindo uma estranha paz de espírito. Aquela sensação não durou muito. Das sombras da caverna veio o frio, na forma de um grande cão negro, rodeando a criança não nascida, e Mastim soube que ela estava perdida. Se ele não fizesse nada, o bebê estaria condenado, mas Mastim parecia ter o tamanho de um grão de ervilha diante do cão.

O saco amniótico se rasgou e a criança caiu no chão, chorando e se debatendo. O cão imenso se aproximou para devorar o bebê indefeso, e Mastim mal teve tempo para pensar, apenas se jogou sobre a criança, protegendo-a com o próprio corpo. O cão das trevas avançou até ele rosnando e mordeu as suas costas, tentando agarrar a criança. Mastim rosnava de volta, tentando afastá-lo, enquanto sentia sua pele sendo arrancada da carne. A dor era lancinante, mas ele não podia abandonar o bebê. As garras do cachorro o cortavam como brasa, mas ele resistia a cada golpe, enquanto a criança chorava debaixo dele. O choro parecia tão sufocado pelos seus braços que Mastim começou a achar que a criança tinha se escondido dentro de seu estômago.

O animal o rodeou, procurando por uma forma de pegar sua presa. Mastim levantou a cabeça para ver nos seus olhos toda a raiva e loucura ardendo contra o mundo. O cão negro uivou um desafio e Mastim rosnou uma resposta, decidido a morrer pelo bebê. O cão avançou para atacá-lo uma última vez, e o garoto se fechou em uma concha, sentindo as gotas quentes de suas lágrimas escorrendo pelo rosto. Era hora de morrer, e ele percebeu o quanto aquilo o entristecia.

Então o cão negro parou de atacar e ele ergueu a cabeça, olhando para os lados, sem vê-lo em lugar algum. Procurou a criança no chão, mas ela também havia desaparecido. Ele olhou novamente ao redor: já não estava dentro do útero. A caverna oscilava no mesmo brilho avermelhado de antes, com o som da chuva caindo do lado de fora.

O *dhäen* estava sentado no mesmo lugar, fumando um longo cachimbo e acariciando a cabeça de Castanha. Mastim sentiu algo se revirando no seu estômago. Por um instante pensou que talvez fosse o bebê que ele tentava tanto proteger; então vomitou no chão parte do ensopado marrom, com pedaços coloridos de cogumelo. O *dhäen* soprou a fumaça para o alto e sorriu.

Algo se enroscou em sua garganta ameaçando sufocá-lo, e ele precisou fazer força para colocar aquilo para fora. No meio do vômito, Mastim viu uma bola de pelo negra como a noite.

Ao vê-la no chão o *dhäen* correu para apanhá-la e a jogou nas brasas da fogueira, vendo-a incendiar com um chiado. Um cheio podre se dissipou pelo ar enquanto o *dh*äen sorria satisfeito.

Uma tigela com água havia sido posta ao seu lado. Ele se abaixou para bebê-la, sentiu-a descer pela garganta como se nunca tivesse experimentado água mais doce. Seus olhos estavam pesados de sono. Seu corpo estava dolorido e cansado. Não tentou resistir. Deitou no chão e adormeceu, um sono sem sonhos.

•••

O sumiço de Mastim passou mais ou menos desapercebido por nós, que estávamos no monastério. A última lua nova se aproximava, e com ela vinham todos os preparativos para o jejum e as orações do *Dhunmalin*, o dia da cegueira dos deuses.

Para os aldeões era um período de folia e traquinagens, reproduzindo o que os deuses faziam em seu salões. Para nós, porém, era um retiro de oração e agradecimento, para que as trevas jamais retornassem àquele mundo.

Durante oito dias, os deuses se reuniam nos salões do Senhor dos Justos para celebrar sua vitória sobre os *cariontar*, demônios ancestrais que viviam nas trevas, enquanto os homens aproveitavam sua ausência para festejar no mundo, ocultando os seus pecados com máscaras demoníacas. Aproveitando-se da embriaguez de Moran, o protetor do abismo, os demônios escapavam para o mundo, a fim de tentar a humanidade. No oitavo dia, com a lua crescente, os demônios eram expulsos pelo campeão dos deuses, eleito para vestir o elmo das quatro faces de Kimpus e cavalgar pelas ruas da aldeia.

Mastim nunca pôde me contar o que houve na floresta depois daquele dia. Quando se referia àquele tempo, dizia apenas que foi como despertar de um longo pesadelo para ver o mundo pela primeira vez. Ele se lembrava de fogo, de fumaça e da bebida asquerosa que deixava sua cabeça tonta. Eu o questionei sobre as canções e os ritos que os *dhäeni* fazem sozinhos na floresta, mas ele não se recordava de nada disso. Lembrava-se apenas do longo e profundo pesadelo, antes de acordar vomitando. Para o que houve depois que ele saiu da floresta, não faltavam detalhes.

Muitos diziam que ele já não era o mesmo quando retornou para a cabana de Dodd. Alguns diziam que ele tinha saído da floresta ereto, caminhando como um garoto comum, ladeado por Castanha, ambos bem mais gordos do que quando tinham desaparecido, ele alguns centímetros mais alto. Ao invés de Mastim correr de volta para casa como um cão desvairado, caminhou feito qualquer outro, olhando o mundo ao seu redor com curiosidade, como se experimentasse algo novo. Perto da cabana ele já andava recurvado outra vez, como tinha feito a vida inteira, mas o movimento já não parecia tão natural como antes, era alguma forma de reação ao mundo, como se um peso imenso se depositasse sobre seus ombros, forçando-o contra o chão.

Encontrou Dodd ajeitando o telhado da cabana, que havia sido remexido pela tempestade. O mestre dos cães desceu, vendo o garoto se aproximar. Alguma coisa tinha acontecido com Mastim enquanto se perdeu na floresta, mas era impossível dizer o que havia sido apenas com um olhar. Mesmo assim, seu guardião alegou sentir um calafrio quando seus olhos se cruzaram.

– Mastim! – Liliah gritou, sem conseguir esconder a sua alegria.

O mestre dos cães olhou para a garota com uma expressão azeda e caminhou até o menino cão, enfurecido. Dodd sabia melhor do que ninguém que coisas sombrias se arrastavam pela floresta, criaturas malditas e espíritos atormentados que as pessoas deveriam evitar se tivessem a chance. Mastim o viu se aproximar de onde estava, com o rosto inexpressivo de quem já sabe como o mundo funciona.

Castanha abaixou as orelhas, ao seu lado e começou a rosnar com valentia, mas aquilo não amedrontou Dodd, que a chutou para o lado de forma indiferente. Mastim viu a injustiça com aparente desdém. Deixou que Dodd o agarrasse pelo cabelo com toda a sua brutalidade. O mestre dos cães avolumou-se sobre ele, feito um grande urso sobre um cachorrinho, e o puxou para tão perto de si que Mastim podia ver o catarro petrificado no seu bigode.

– Você acha que está protegido lá, não é? Se você fugir de novo, não pense que eu não vou atrás de você. É só uma floresta! Eu vou te encontrar! Enquanto eu procuro, vou deixar essa garota ajoelhada na merda, lutando por cada osso do jantar. – Dodd apontou para Liliah, que se encolheu, como se tivesse sido estapeada novamente.

Ela tinha ferimentos novos no rosto, e a mordida de Castanha tinha se tornado uma cicatriz escura em seu braço.

Mastim continuava a encarar Dodd, sem emitir um único som. Permaneceu respirando suavemente até o mestre dos cães o soltar.

Um *khirk* havia sobrevoado os dois para pousar no telhado do canil. Olhava para Dodd com um desafio vingativo nos olhos amarelos, mas o mestre dos cães lhe deu pouca importância. Ficou mesmo assustado com a figura encapuzada que tinha emergido da floresta e que o observava das sombras, absolutamente imóvel.

Dodd estremeceu e soltou o garoto. Mastim podia ter rosnado ou mesmo ameaçado mordê-lo, mas ao invés disso apenas o observou, de rabo de olho, levemente emburrado, e seguiu até o canil sozinho. Sem nenhuma outra ordem, abriu a porta, afastando os cães com um bater de pés, e se trancou lá dentro com Castanha ao seu lado.

Dodd não viu a cena. Esperou para ver o *dhäen* descer pelo caminho de terra em direção à aldeia, e só então voltou a respirar. Por instinto, olhou para o céu enquanto Léa, a deusa da lua, vestia sua máscara negra. Dodd sentiu um arrepio frio no pescoço. Coisas estranhas aconteciam durante o *Dhunmalin,* e ele sabia que espíritos malignos viviam nas florestas.

Pensando naquilo, Dodd não podia se livrar da sensação incômoda que o olhar de Mastim causava nele. Podia sentir que o garoto possuía a mesma selvageria, a mesma raiva contra o mundo, mas, ao invés de extravasá-la, a conteve, alimentando-a como se planejasse algo terrível. Como um demônio *cariontar* oculto nas trevas, esperando pela falha dos Homens.

Ele trancou as portas e janelas, quando a noite se arrastou para o mundo. Virou sua cadeira de balanço para a porta e começou a trançar a coroa de alfazema que logo penduraria sobre o batente do lado de fora, para protegê-lo do mal. Liliah tinha jogado os restos de comida para Monstra e agora se aninhava na cama improvisada junto ao fogo.

Uma estranha quietude invadia a cabana, como se o mundo tivesse acabado para além da luz da lareira de Dodd. A grossa cerveja que ele bebia como jantar não foi o suficiente para amortecer a lembrança do *dhäen* saindo da floresta ou do olhar maligno de Mastim. Ele abriu uma garrafa de aguardente pela metade, esperando ficar bêbado em breve. Não gostava daquele silêncio. Tinha medo de que pudesse ouvir as vozes daqueles que já tinham partido e não havia nada que Dodd odiaria mais do que ouvir a voz do seu pai.

"Se você contar para alguém, vou te abandonar na floresta."

Ouvia seu pai falando e chorava, submetendo-se à sua vontade, com medo dos demônios que viviam entre as árvores.

– Senhor? – Liliah se revirou na cama ao ouvir a voz de Dodd.

– Quieto! Seu merdinha. Seja bonzinho e eu te dou um pedaço de bolo de frutas. – Sua voz estava empastada, e as palavras saiam de forma embolada, mas Liliah conhecia bem o seu significado.

Já o tinha visto naquele estado e sabia que era melhor cobrir a cabeça e fingir que estava dormindo antes que a notasse. Dodd não lhe deu atenção. Continuava transtornado pelas lembranças do passado e tentava afogá-las com álcool. Seu pai o mandava calar a boca e ser um homem, mas Dodd era só um garoto. Ele odiava aquelas noites sozinhos na floresta, mas sabia que aquilo o tinha fortalecido. Da mesma forma como ele agora fortalecia Mastim, aquele garoto idiota.

Dodd saiu de casa, levando o cutelo de carne e uma lamparina de luz pálida junto de si. Tinha dificuldade para andar em linha reta, mas aquilo não o incomodava. Mastim precisava aprender aquela lição, assim o espírito do seu pai se tranquilizaria sabendo que havia criado um homem.

Ao entrar no canil, foi surpreendido pelo silêncio. Achou que os cães despertariam na sua habitual algazarra, mas nenhum deles rosnava em seu sono conturbado ou uivava para a lua que se ocultava do lado de fora. Encontrou-os acordados, sentados ou de pé sobre o chão de terra, olhando em sua direção com olhos faiscantes, bruxuleando à luz da lamparina. Todos rodeavam Mastim, como os súditos fariam para proteger seu rei. Dodd sentiu suas tripas se revirando de medo com a cena e tocou o coração e a boca com a ponta dos dedos, para se livrar do mal, enquanto se afastava invocando o nome de seus ancestrais.

O mestre dos cães correu para fora, derrubando a lamparina, que se apagou lentamente no chão. Entrou em sua casa, trancou a porta e mandou Liliah calar a merda da boca, antes que ele a arrebentasse. Em completo pânico, Dodd agarrou sua garrafa de aguardente e entornou até a última gota, depois abriu outra. Por mais que tentasse, não conseguiu dormir.

•••

Na véspera do festival, os aldeões tinham terminado de decorar suas casas. Coroas de alfazemas foram penduradas nas portas para espantar os espíritos malignos, e ídolos se espalhavam na paisagem, na forma de demônios imaginários, serpentes aladas, homens com cabeça de cão e outras criaturas tão disformes que era impossível dizer do que se tratavam. Crianças já corriam de um lado para o outro, usando máscaras de barro e madeira e fantasias de pele, palha e trapos, dando gritos de excitação ao pular sobre os adultos. De todos os festivais e feriados santos, para mim o *Dhunmalin* sempre foi o mais fascinante. Os irmãos justos encaravam a ausência dos deuses com temor e repulsa, enquanto os camponeses viam na solidão uma experiência libertadora capaz de levá-los a qualquer lugar, alimentando desejos reprimidos e tornando possível o impossível, permitindo-se governar pelas suas trevas interiores. Mesmo em Haena do Norte, onde a miséria tinha se alastrado desde o fim da guerra, os aldeões encontravam um pouco de alegria durante o festival. Mestre Allain dizia que tudo o que lhes importava era fornicar. Talvez ele estivesse certo daquela vez.

Eu havia me tornado mestre dos cavalos do monastério. Um trabalho que me agradava e que eu fazia com muito amor, mesmo que isso não impedisse Allain de me humilhar com tarefas impossíveis para quem tem apenas uma perna. Alguns irmãos chegavam a dizer que ele se divertia com meu sofrimento, mas eu nunca imaginei que fosse verdade.

Allain era incapaz de se divertir.

Eu havia sido enviado para a aldeia com três dos noviços de família nobre para apanhar alguns barris de cerveja. Como parte da educação dos magistrados, nos éramos instruídos a desprezar os títulos de nobreza e os provocávamos com apelidos idiotas para que começassem a entender que não eram diferentes de ninguém aos olhos de Kimpus. Porcão, Boi e Galo já estavam em seu último ano no monastério e logo voltariam para casa, o que parecia autorizá-los a atormentar os garotos mais novos.

Porcão e Boi colocavam os últimos barris na carroça, quando eu percebi que Galo tinha desaparecido. Seu nome verdadeiro era Marvus Rhatontar, uma criatura pequena, de cabelos loiros acobreados, com uma voz aguda e um humor inflamado, que não podia resistir à tentação de se enfiar no meio de qualquer saia que visse pelo seu caminho. Era o mais velho de seis irmãos e seria herdeiro das terras do seu pai, o que o fazia desfilar pelo monastério com a crista erguida que lhe rendeu o apelido. Sua família tinha uma relação próxima com o Imperador, e suas terras eram vizinhas das terras do monastério, o que acabava poupando-o da maior parte dos castigos e do trabalho duro, como carregar barris. A maioria dos monges temia a influência de seu pai e o tratava com displicência, mas eu já me sentia velho demais para temer qualquer consequência e tinha tornado minha missão pessoal ensiná-lo a ter humildade diante do poder do Senhor dos Justos.

– Onde ele foi? – perguntei ao Boi. O garoto moreno já era maior do que eu, com braços grossos e ombros largos. Um monstro no treino da espada, embora fosse um desastre sobre um cavalo. Era lento em seus pensamentos, às vezes só um pouco mais inteligente do que Mastim.

– Onde foi quem?

– O Galo, idiota! Marvus! Onde ele foi?

Boi apontou para uma taverna do outro lado da rua. Um lugar sujo e meio deserto, frequentado por uma dupla de prostitutas baratas, mãe e filha. Duas imensas gárgulas esculpidas em madeira tinham sido colocadas de cócoras ao lado da porta, para espantar os espíritos demoníacos que logo estariam entre nós. Eu suspirei, cansado. Precisava estar de volta ao monastério em uma hora para terminar o trato dos cavalos e não estava com paciência para a arrogância de Galo. De toda forma, minha missão era educá-los, e Allain acabaria comigo se soubesse que deixei um noviço em um lugar como aquele. Tomei ar e manquejei para a taverna, sentindo a muleta morder o meu ombro.

Galo estava sentado ao lado de Dodd. Ambos compartilhavam certo amor por rinhas de cães e tinham o costume de trocar apostas.

Conversavam sobre aquela paixão. Havia uma rinha montada atrás da taverna, um fosso circular escavado na terra vermelha onde os cães eram largados para lutar praticamente até a morte. Eu mesmo já tinha apostado ali algumas vezes, embora preferisse as corridas de cavalo.

Nenhum dos dois se deu conta da minha presença até que eu estivesse próximo o suficiente para acertar a muleta na cabeça de Galo. O garoto se virou pronto para a briga, mas se deteve de cara amarrada ao me ver. Ele sabia que, mesmo velho e sem uma perna, eu era um dos poucos irmãos justos que não teria medo do pai dele se precisasse lhe dar uma surra.

– Quando eu sair daqui, quero a carroça carregada, ou os três vão passar o festival orando em seus claustros. – Indiquei a porta com o dedão. Galo sabia que eu não estava brincando. Sendo justo, eu detestava todos eles e adoraria trancá-los nos porões do monastério para me esquecer da sua existência.

– Temos um trato, então – Galo disse para Dodd, que sacudia tolamente a cabeça, antes de tomar outro gole. O garoto baixou os olhos ao passar por mim e correu para a porta.

– Você não parece bem, Dodd. – O mestre dos cães sempre fora uma figura forte e vigorosa, mesmo depois de tomar barris inteiros de cerveja e esvaziar uma despensa de aguardente, mas a figura reclinada sobre o balcão, diante de um copo de cerveja escura, parecia diminuta e cansada. Dodd não me respondeu. Ao invés disso pegou outra caneca e entornou nela a cerveja da jarra, empurrando-a na minha direção.

– O que acontece quando um homem não cumpre seus votos aos deuses, Irmão Belic? – Dodd tinha cerveja pingando de seu bigode e olhava para uma prateleira onde o estalajadeiro tinha montado o altar de sua família.

– Bem, isso vai depender de quem é esse deus e o quão longe você ficou de cumpri-los. Fazer votos a Kimpus é um compromisso com uma vida de retidão, e fugir disso é um mergulho no Mar da Agonia. – Recitei as palavras da Ordem quase sem perceber.

– Não fiz votos a Kimpus. – Dodd se virou para mim e sorriu. – Jurei diante dos meus ancestrais, e espero que eles se lembrem de mim quando eu me for. Não podia jurar novamente a Kimpus.

A religião do oeste não ora aos deuses. Eles não duvidam de sua existência, apenas não acreditam que os deuses se importem com os mortais. Segundo seus sacerdotes, cabe aos parentes falecidos interceder por aqueles que ainda estão na terra.

– Mesmo os antepassados prestam contas aos deuses, Dodd. Quando chegar a nossa hora, o único reino livre de juramentos é o suplício do Mar da Agonia. – Eu não tinha nenhum motivo para gostar de Dodd e não fazia o menor sentido tentar tranquilizá-lo, mas confesso que senti certa compaixão por ele naquele instante, pois sabia que não havia salvação para a sua alma. Ele estava condenado a se afogar e ser devorado no grande mar sob a sombra dos Domínios, as ilhas flutuantes que são lar dos deuses. – O que o aflige?

– Eu achei que ele não voltaria. Achei mesmo que ele tinha desaparecido de uma vez e pensei: *Pro inferno! Os demônios que fiquem com ele.* Mas ele voltou, Belic. Agora fica de canto, me olhando com um jeito estranho. Eu tentei ensiná-lo. Bati nele até meus dedos ficarem roxos, mas ele pareceu não se importar. Fico pensando o que ele pode fazer, agora que os deuses estão cegos. Meus ancestrais não podem me ajudar. – Dodd parecia terrivelmente infeliz e eu achei que devia ao menos ouvir sua história.

Então ele me contou sobre como Mastim tinha saído da floresta, uma criatura vestida em pele humana, que tramava nas sombras algum tipo de crime hediondo. Eu ouvi a tudo com bastante atenção, rangendo os dentes de raiva enquanto ele me explicava como tinha tentado contornar o problema, espancando Mastim e deixando-o com fome, mas permaneci em silêncio, fingindo que aquilo não me abalava.

– Foi o *dhäen*. Nós devíamos ter nos livrado daquele maldito há muito tempo, Belic. Esse demônio tem as chaves dos calabouços infernais, e agora Mastim está de volta.

Cheguei a achar um pouco de graça na reação de Dodd e pensei que talvez pudesse usar aquela superstição tola para proteger Mastim da violência do mestre dos cães.

– Nós cometemos um erro nove anos atrás, Belic. O garoto devia ter morrido com o resto da sua família. Talvez... – Uma idéia pareceu se acender na mente de Dodd. – ... não. Foram os *dhäeni* que mataram a família dele. Nós matamos todos eles, não matamos? Nós matamos os *dhäeni* e agora um deles mandou Mastim atrás de mim. Ele quer a minha alma, Belic! Eu sinto!

Era verdadeiramente patético. Eu me lembrei do ditado que meus irmãos repetiam sempre que faziam algo de errado: "*Na dúvida, aponte o dhäen*". Não importava se fosse pelo massacre de uma família, ou sobre o leite que havia azedado. Bastava insinuar sua culpa e o *dhäen* era o primeiro a ser castigado. Pobres criaturas.

– Se você estiver certo, Dodd, talvez seja melhor poupar a criança por um tempo. Nunca se sabe que tipo de terror pode surgir durante o *Dhunmalin*.

– Nós devíamos matá-lo, Belic. – O medo entrou pelos meus ouvidos com aquelas palavras. Havia muito tempo conhecia a crueldade de Dodd e não duvidei nem por um momento que ele estivesse falando sério.

O mestre dos cães se virou para mim e sorriu, com uma piscadela que tentava transformar tudo em piada. Adotei meu ar mais sério.

– Kimpus trouxe essa criança de volta à vida diante dos meus olhos. Os deuses estão vigiando Mastim, Dodd. Eles o deixaram sob seus cuidados para testar sua vontade. Você não teria coragem de desafiar os deuses, teria?

– É claro que não, Irmão. É claro que não. – O sorriso se desvaneceu de seu rosto como a água sugada pela terra.

– Acho bom. Pois nem mesmo Allain perdoaria se algo acontecesse com essa criança em solo sagrado. Você seria caçado pelos cavaleiros de Kimpus e condenado diante do Juiz Absoluto e, por Kimpus, Dodd, eu adoraria te fazer pagar por um crime desses.

Vi quando o sorriso se apagou no rosto do mestre dos cães, e ele estremeceu sabendo que eu dizia a verdade. Prometi que visitaria Mastim assim que o festival terminasse, lembrando-o de que o garoto era protegido do monastério. Dodd assentiu, infeliz, e eu fui embora, deixando para trás sua carcaça miserável, sentindo-me tolamente vitorioso daquela vez.

Encontrei os três nobres idiotas do lado de fora discutindo sobre o dinheiro daquela noite e os vi silenciar com a minha chegada. Não estava com o menor humor para interrogá-los sobre seus planos para fornicar. Ainda tentava me convencer de que Mastim ficaria bem, e aqueles pensamentos me acompanharam de volta para o monastério.

A noite chegou na aldeia e as lanternas foram acesas nas portas das casas. A grande fogueira ardeu para marcar o inicio do festival e dois ou três menestréis começaram a tocar todos ao mesmo tempo, com cantores, tambores e flautas, espalhados entre pequenos grupos. Os aldeões tinham sido trocados por uma legião de demônios mascarados, gargalhando e se provocando sob brindes cada vez mais barulhentos.

Dodd levou Mastim e dois dos seus maiores cães para a rinha do fundo da taverna. Vestia a cabeça de um bode e uma capa com ombreiras feitas de musgo, onde floresciam pequenas flores brancas. Liliah seguia ao seu lado, usando um vestido marrom e uma máscara de madeira com um rosto de pássaro, esculpida por um dos monges. Sorria para tudo ao seu redor, principalmente para Mastim, que permanecia em silêncio, com uma expressão confusa em seu rosto, preso por uma coleira em seu pescoço.

– Pensei que não fosse vir, Mestre Dodd. – O homem que o recebeu usava uma máscara feita com o crânio esbranquiçado de um cão e luvas grossas de pele de urso. – Trouxe o jantar? Meus cães estão famintos.

– Seus cães vão servir apenas para fazer sopa, depois que meus meninos terminarem, Brat. – Dodd pareceu animado, embora estivesse obviamente caindo de bêbado. – Trouxe dinheiro?

Brat balançou uma pequena bolsa abarrotada de moedas diante de Dodd e sorriu.

– Você trouxe o seu?

– Logo. – Dodd olhou para os lados procurando por alguma coisa que ainda não estava ali. Outras pessoas começavam a surgir. Curiosos e apostadores, além de alguns criadores que puxavam pelas coleiras seus cães de guerra e cachorros mijões que eram arrastados com os rabos trêmulos entre as pernas. Seria uma noite animada. Dodd colocaria seus meninos para rasgar algumas gargantas antes de enfrentar os cães de Brat, e então eles encerrariam com a disputa da noite. – Aqui está.

Um grupo de mascarados se aproximava pela porta dos fundos da taverna. Um bando de humor sombrio, carregando garrafas de aguardente barata, provocando as mulheres mais próximas e sendo evitados pela sensatez de quem previa uma desgraça eminente. As máscaras protegiam seus nomes dos deuses, mas eles não deixavam de sinalizar seu nascimento aos que ousassem contrariar suas vontades. Vinham num grupo de sete, com capas escuras e rostos demoníacos, fantasiados com os brasões que não podiam ostentar em público. Eram liderados por Galo, sorrindo sob a máscara de leão. Sua capa era adornada com penas no formato de asas, tornando-o a personificação da sua casa. Seus companheiros eram igualmente reconhecíveis. O javali da casa Bardolph, a serpente de Compton Ormwor, a aranha púrpura da família Vorus, a águia de duas cabeças e o cervo branco. Atrás de todos, Boi, que, se os longos chifres de touro da sua casa não o denunciassem, teria sido reconhecido pelo seu tamanho desproporcional.

– Aqui estamos, Dodd. Como prometemos – disse Galo.

– Nunca duvidei de sua palavra, Mestre Marvus. Acredito que tem algo para mim?

Era possível ver o sorriso de Galo através da máscara. De sua capa ele tirou uma sacola frouxa com moedas de sobra. Ao ouvi-las tilintando, foi a vez de Dodd sorrir estendendo sua mão. Galo puxou a bolsa de moedas de volta.

– O dobro das moedas, Dodd. Prometi ao pequeno Vorus que esta noite ele vai se tornar um homem. Vamos nos afogar em vinhos caros e putas baratas. – Os companheiros de Galo riram e cutucaram o garoto mirrado que ficava para trás, encolhido. Usava uma máscara na forma de uma aranha púrpura, que abraçava seu rosto com as oito patas.

– O dobro das moedas, Mestre Marvus – Dodd respondeu sério.

– Então vamos ver como os cães se saem.

Foi uma noite sangrenta. Segundo as regras da rinha, a luta só terminava quando um dos cães estivesse incapacitado, o que quase sempre significava a morte. Cada animal era preso a uma corrente do comprimento da arena, para que pudessem ser separados sem que ninguém entrasse na briga. Os animais de Dodd eram tão selvagens quanto lobos do norte e atacavam qualquer coisa que se movesse em sua direção. Eram poucos os que tentavam desafiá-lo, alguns caçadores e pequenos criadores que não sabiam onde estavam se metendo, colocando tudo o que tinham naquelas lutas. Não demorou muito para o chão de terra se transformar em uma lama vermelha, empapada com o sangue dos mortos.

Logo chegou a vez dos cães de Dodd e Brat combaterem diante da multidão embriagada. Os dois eram rivais históricos, enfrentando-se a cada rinha e alternando-se nas vitórias. Os cães de Brat eram violentos, um cruzamento demoníaco entre raças que tinham sido trazidas de além do Ermo do Oeste, mas Dodd vinha com duas feras famintas criadas em completo isolamento nas margens da floresta. Cães assassinos que viviam trancados em pequenas celas na mata e que eram alimentados com os cães mais fracos de cada ninhada.

O primeiro cão de Brat caiu em poucos minutos, e Dodd festejava uma vitória fácil, quando o outro cão de Brat entrou na arena.

O rival tinha deixado sua maior fera para o final, um monstro de pelo negro e curto, tão pesado quando um homem adulto. Era todo músculos e cicatrizes e partiu para o cão de Dodd sem qualquer sombra de receio. A multidão soltou um grito quando ouviu o cão preto de Brat partir o pescoço do cachorro de Dodd entre os dentes. O mestre dos cães viu o sorriso vitorioso do criador rival e não esperou antes de soltar seu segundo cão, sem prendê-lo à corrente. A multidão uivou pela traição, mas Brat não se importou. Seu cão negro se posicionou sobre a carcaça do cachorro morto, como qualquer predador faria para proteger a presa abatida.

– Talvez eu deva me oferecer como mestre dos cães do monastério, o que acha, Dodd? – Brat debochava.

A resposta de Dodd foi cuspir um gole de cerveja aos pés de Brat. Do outro lado da rinha, Galo e os outros nobres esperavam pela sua vitória. Ele sabia que os garotos não perdoariam o dinheiro perdido. Eram só garotos, mas eram garotos nobres. Dodd duvidava de que fossem gentis ao cobrar sua prata e sabia que não estariam sob o controle do monastério para sempre.

– O que diabos ele está fazendo aqui? – Dodd viu o *dhäen* caminhando pela multidão. Andava vagarosamente, esperando as pessoas se afastarem a cada passo, enquanto mantinha a cabeça baixa e o rosto oculto. Por um instante Dodd achou que seus olhos estavam lhe pregando uma peça, mas a figura de capuz e penas nos cabelos se destacava sem precisar de outras máscaras. Ele parou diante da rinha acendendo um pequeno cachimbo de madeira, de onde surgiu uma fumaça azul.

– Esqueça o *dhäen* – riu Brat, apontando o dedo para a rinha. – É o Abutre que está devorando o seu cão.

Dodd virou para a rinha de cães bem a tempo de ver o cão preto sacudindo o pelo para se livrar da fera cinzenta de Dodd, como teria feito para se livrar de uma pulga. O cachorro cinza caiu de lado e Abutre cravou os dentes em sua garganta, segurando-o contra o chão. Os gritos da multidão foram ensurdecedores. Por todos os lados pessoas brindaram e trocaram as moedas de pequenas apostas, adiantando o fim iminente. O cachorro de Dodd se debateu no chão, mas era tarde. Ele não podia se libertar. Seu sangue espumou na boca da fera de Brat e a luta chegou ao fim. Dodd havia sido completamente derrotado.

A multidão estava enlouquecida. Dodd virou as costas para ir embora, mas Brat o alcançou antes que desse o primeiro passo.

– Você tem algo que é meu, não tem?

Ainda de costas, Dodd segurou o cabo de uma adaga presa ao seu cinto. Podia esfaqueá-lo e ir embora. Os deuses estavam cegos naquele dia, e ele poderia estar longe antes que alguém citasse o seu nome, mas para onde iria?

– Eu tenho o que você quer, Brat. – A voz de Dodd era sombria. Viu Liliah dando a Mastim um pedaço de linguiça apimentada e se perguntou onde ela tinha arrumado dinheiro para aquilo, esquecendo-se por um instante do que era mais importante. – Aqui está!

Brat tinha estado esperando desconfiado com a mão no cabo de sua faca. A multidão aguardava ansiosa por mais sangue, mas Dodd não o atacou. Ao invés disso ofereceu ao outro criador a pequena sacola de moedas. Brat não acreditou que fosse tão simples. No fosso da rinha, ele ouviu o ganido baixo do cão moribundo.

– Ou nós podemos fazer outra aposta, o que acha? – Dodd segurou o saco de moedas por um instante, sorrindo para Brat. – Mais uma luta?

– Luta? Luta com o quê, Dodd? Acabaram os cães. A não ser que você esteja pensando em pular na arena e tentar abocanhar a garganta do Abutre você mesmo.

Abutre era o nome perfeito para o cão negro, mas Dodd não tinha intenção de experimentar suas presas.

– Não. Você está enganado. Eu ainda tenho um cão.

Um cão que ele nem lamentaria se acabasse morto. Um cão que agora olhava na sua direção, em pé sobre suas duas patas, como se conhecesse os planos de Dodd. A lei do Império era clara sobre os jogos mortais. As arenas onde gladiadores massacravam escravos, e onde sacrifícios em carne e sangue um dia foram feitos, hoje eram proibidas onde quer que reinasse o estandarte do imperador. Torneios e demonstrações de armas, em homenagens a deuses ou nobres, só eram permitidos sob decreto, apenas àqueles que entravam na luta sabendo de seus riscos, e nunca tinham como objetivo a morte de alguém. Embora, nos limites do Império, a morte ainda fosse uma opção ao tédio, sob o nome dos imperadores do oeste estariam cometendo um crime grave. Algo ainda pior em se tratando de uma criança. Mas, para Dodd, Mastim não era um garoto.

– O que você acha, Brat? O seu Abutre, contra Mastim.

Depois que o pior aconteceu, as pessoas contavam essa história de diversas formas. Brat devia ter dito apenas que Dodd estava louco. Ele tinha o dinheiro e a vitória e só precisava ir embora para que a noite chegasse ao fim, embora Kimpus saiba que aquilo não iria evitar o que veio a seguir. Conhecendo Brat o pouco que eu conhecia, fica fácil imaginá-lo sorrindo com a proposta e acenando a cabeça, sorridente, para deixar a idéia se infiltrar em sua consciência.

– É o seu dinheiro, Dodd. – Os homens são capazes de coisas horríveis quando os deuses não estão olhando.

Dodd foi até os sete nobres com um sorriso no rosto. Galo era o único que prestava atenção no mestre dos cães. Tinha visto a derrota dos seus animais e notado a conversa entre ele e Brat, sem saber o que estavam dizendo.

– Eu preciso de mais dinheiro. – Dodd explicou o que tinha acabado de fazer. A diversão no rosto dos nobres era visível, mas Galo permanecia em silêncio, como se nada daquilo lhe dissesse respeito.

– Você quer perder mais do nosso dinheiro, Dodd? E o que nos dará em troca? – Galo tirou a máscara para que Dodd pudesse ver os seus olhos. Era assim que os homens deviam negociar.

Dodd tateou os bolsos como se tivesse ali algo esquecido que pudesse valer algum cobre, mas de verdade não tinha nada para dar como garantia, exceto o magro salário do monastério e as moedas gastas que pagavam pela criação de Mastim. Galo olhou em seus olhos e sorriu pela primeira vez, pois tinha a resposta que Dodd procurava.

– Esse é o dinheiro que guardamos para as putas, Dodd. Se você o perder, o que vamos fazer essa noite? Vorus está ansioso para conhecer uma mulher. – Dodd olhou de relance para o garoto com a máscara de aranha e não achou que ele parecesse ansioso, mas não discutiu.

– Mestre Vorus pode escolher entre mãe e filha. – Ele ofereceu, referindo-se às duas prostitutas que trabalhavam na aldeia. – São minha cortesia.

– Putas sujas! Elas valem muito pouco! Nós queremos carne mais fresca, se é que você me entende. – Galo bateu no ombro de Touro, que parecia não entender o que estava acontecendo, mas permanecia ansioso para entrar em uma briga. – Se você perder, você vai nos dar a sua filha.

Dodd inclinou a cabeça, como se não tivesse escutado bem, depois se virou para ver Liliah jogando pedaços de linguiça que Mastim apanhava em pleno ar.

– Nós prometemos a Vorus que esta noite ele se tornaria um homem, e um nobre não deve faltar com a sua palavra.

A mãe de Liliah tinha sido uma puta barata. Dodd sempre soube que a garota não seria diferente. Ele até duvidava que ela fosse realmente sua filha. Era só uma garotinha de quem ele cuidava. Só uma garotinha que esquentava a sua cama, quando ele estava bêbado demais para andar até o prostíbulo da aldeia.

– Você tem minha palavra, Mestre Marvus.

Dodd puxou Mastim pela corda em seu pescoço e viu o garoto lutar para ficar perto de Liliah. A menina arregalou os imensos olhos azuis forrados de medo, mas não se moveu, nem protestou. Apenas esperou, sem saber que não era só com a vida de Mastim que Dodd brincava naquele momento.

– Não se preocupe, menininha. Nós vamos cuidar de você. – Liliah viu o sorriso de Galo e não gostou da forma como os seus amigos gargalharam e se provocaram, mas àquela hora estava mais preocupada com Mastim.

Dodd arrastou Mastim até a beira do fosso. O garoto rosnava e lutava, mas Dodd o estapeou para que se acalmasse e rasgou sua camisa, deixando-a pendente de sua cintura, de forma que ficasse mais livre para lutar. Viu os ossos expostos de suas costelas e pensou que era tarde demais para lhe dar algum músculo. Já tinha visto Mastim se mover antes. O garoto podia não ser tão forte quando o Abutre, mas era rápido e talvez tivesse uma chance.

– Muito bem, animal. Desta vez você não tem outra opção, entendeu? Aquele cachorro vai vir para cima como se você fosse o jantar dele. Não adianta tentar se esquivar. Ele vai te encontrar e vai te matar, está me ouvindo? – Mastim olhava para Dodd com medo e confusão nos olhos, e o mestre dos cães sabia que estava perdendo seu tempo. Como podia convencer aquele idiota a lutar? – Se você não ganhar, eles vão levar Liliah embora!

Mastim olhou para onde Dodd indicava e viu Liliah junto de outros garotos. Entre eles reconheceu o cabelo avermelhado de Galo e o tamanho descomunal de Touro, mas os outros eram apenas máscaras e gargalhadas estranhas. Mastim rosnou, pronto a atacá-los, como se Dodd estivesse dando a ordem.

– Vocês estão prontos, Dodd? – Brat parecia se divertir, quase como se não acreditasse que aquilo iria adiante, mas Dodd olhou para ele e praguejou baixinho. Sim, estavam prontos. Que os deuses não abrissem seus olhos.

Dodd empurrou Mastim para dentro do fosso e o garoto rolou pela borda de terra, sob os gritos da multidão enlouquecida. Algumas pessoas se questionavam sobre o que estava acontecendo, outros acreditavam que Mastim fosse apenas o garoto de limpeza. Ele se levantou, ignorando os arranhões em sua pele, e tentou escalar os muros de terra, arrancando torrões que caíram em seus olhos e boca.

O mestre dos cães olhava para ele com frieza.

– Eles lutam, eles comem. – Dodd tomou um gole de cerveja que amargou em sua boca e a cuspiu novamente para baixo.

Brat segurava a corrente de Abutre, subitamente arrependido do que estava fazendo. Os deuses podiam não estar com eles naquela noite, mas talvez pudessem ver seu arrependimento quando o festival chegasse ao fim. Abutre rosnava e lutava contra a corrente, tentando se libertar para atacar Mastim, mas sua corrente só ia até a metade da rinha, e o garoto tentava ficar o mais afastado possível das presas assassinas.

– Lutem, seus desgraçados! – alguém gritou da multidão. Do grito seguiram outras vozes dissonantes, pedindo por sangue e mais cerveja.

Brat soltou a corrente de Abutre e ele avançou diretamente para Mastim, como tinha feito com os outros cães de Dodd.

Mastim correu para o lado, mas o cachorro era esperto e fez uma curva para alcançá-lo no meio da fuga. O garoto podia ouvir o barulho da sua corrente tilintando como as penas de ferro no pescoço dos monges, e seus instintos o mandavam correr. Abutre o encurralou, e Mastim encostou suas costas na parede na terra, rosnando como o animal que ainda vivia dentro dele.

O cão partiu em sua direção com a bocarra aberta, e Mastim voltou a correr, sabendo que aquelas presas significavam sua morte. Buscava por ajuda na multidão, mas estava cercado por uma procissão de demônios com máscaras de madeira e barro. Ouviu a voz de Liliah, gritando, mas não podia vê-la em lugar algum. Virou a cabeça, procurando por Abutre, mas o cachorro já estava perto demais e cravou os dentes na sua panturrilha, arrastando-o para trás como um prêmio prestes a ser abatido. Mastim gritou e chutou a cara do cachorro, mas ele não se abalava.

– Pelos deuses! – Brat gritou e puxou a corrente de Abutre, tentando evitar a morte de Mastim. Abutre sentiu a corrente enforcando sua garganta e soltou o garoto, para a fúria da plateia.

– O que você está fazendo? O que você está fazendo?

– Pelos Deuses, Dodd. É só um garoto! – Brat tentou convencer Dodd.

– Ele não é um garoto! É um demônio! E se você não soltar essa corrente é melhor me pagar a aposta!

Brat mal acreditava no que estava ouvindo. Não podia se dar ao luxo de perder aquele dinheiro. Ele olhou para a rinha e viu Mastim se arrastando para um dos cantos, deixando um rastro de sangue. O garoto tinha pegado os trapos da camisa pendentes na sua cintura, mas, ao invés de fazer um curativo para o ferimento da sua perna, os enrolava no braço se preparando para a batalha.

Ainda rezo, todos os dias, para que os deuses os amaldiçoem a todos. Brat soltou a corrente.

Abutre correu novamente na direção de Mastim, mas o garoto não tinha condições de fugir. Esperou o cachorro vir até ele de boca aberta e presas à mostra. Mastim não conhecia os deuses e não tinha a quem rezar. Tudo que ele tinha eram os braços e os trapos de uma camisa rasgada. O cachorro fechou os dentes para provar mais uma vez a sua carne e Mastim enfiou o antebraço protegido pelo tecido em sua boca, sentindo as presas afiadas atravessarem o pano para agarrar seus ossos. Gritou de dor. Abutre sacudiu a cabeça, quase arrancando o braço do seu ombro, mas não soltou a presa. As pessoas ao redor gritavam pela sua morte e ele sabia que era uma questão de tempo até que fossem atendidas.

Mastim ouviu um assobio e olhou para cima. Viu uma figura sinistra de pé na borda do fosso, encarando-o com os olhos perolados cheios de conhecimentos ocultos. Mastim, que gania e rosnava contra seu inimigo, silenciou, como se alguém pudesse lembrá-lo de que era um homem. O *dhäen* tirou a mão de baixo de sua capa azul e deixou uma faca comprida cair ao seu lado, fincando-se na terra.

Alguém protestou da multidão, mas Mastim não tinha tempo para prestar atenção nisso. Ele esticou a mão esquerda, tentando pegar a faca enquanto Abutre o arrastava para longe, sacudindo seu braço até algo estalar em seu ombro. O mundo se tornou uma nuvem de ódio e dor, e ele só pensou em revidar com toda força. Mastim golpeou o cão no maxilar com o joelho, mas aquilo só aumentou sua dor. Abutre recebeu o golpe na cabeça sem nem piscar. Mastim rosnava e tentava morder o couro grosso do animal. Ficava mais fraco a cada instante enquanto seu sangue se esvaía pelo chão. Abutre era um cão muito mais forte do que ele.

Mastim não devia lutar como um cão.

Ignorando a própria dor, ele se aproximou da cabeça do monstro para bater nela novamente. Abutre estava acostumado a lutar contra cães mais fracos que não conseguiam feri-lo, mas, ao invés de tentar rachar a sua cabeça, Mastim esfregou a lama úmida no olho do animal, golpeando seu globo ocular até que Abutre soltou-o com um pulo para trás.

Mastim não tinha mais do que um instante. Ao invés de usá-lo para lamentar seu braço ferido, ele saltou para a faca do *dhäen*, pouco antes de Abutre o encontrar novamente. Mastim rolou de lado, com o enorme cão preto pisando em seu peito, pronto para abocanhar sua garganta. O garoto não perdeu tempo. Enfiou a faca no pescoço do cão e o ouviu ganir, tentando recuar.

A força do salto de Abutre ergueu Mastim do chão, e ele lutou para continuar segurando a faca de caça. A multidão ouviu enquanto a lâmina cortava carne, cartilagem e couro, saindo vermelha na mão do garoto. Uma onda de sangue quente o cobriu por inteiro. Abutre correu para longe de Mastim, tentando escapar da morte, mas caiu deslizando pela lama sem soltar um só ganido. Morreu feroz, como tinha vivido.

A multidão fazia silêncio.

Mastim se pôs de pé e caminhou até o cadáver de seu adversário. Viu o sangue do cão negro esparramando-se pela lama vermelha e gritou para o ar uma mistura de uivo e urro de vitória.

As pessoas começaram a gritar ao seu redor, mas ele não ouviu mais nada. Seus joelhos fraquejaram e dobraram sob o peso da conquista, e Mastim sentiu as sombras abraçando-o novamente, grato pelo fim de toda dor.

Jamais houve um consenso sobre o que aconteceu naquela noite. Aqueles que tinham apostado no garoto diziam que ele tinha vencido a luta, enquanto aqueles que tinham apostado em Abutre diziam que era uma rinha de cães e cães não usam facas. O *dhäen* que tinha causado toda aquela confusão desapareceu enquanto as pessoas lutavam pela razão. Dodd e Brat se enfrentaram pelo prêmio. Brat havia perdido seu melhor cão e achava que merecia a compensação pela trapaça de Dodd.

No fim, o mestre dos cães voltou para casa com umas poucas moedas, levando em sua carroça as carcaças de dois cães e um garoto às portas da morte.

Nada disso chegou aos ouvidos do monastério antes do fim do *Dhunmalin*. Estávamos absortos pela rotina de orações, implorando aos deuses que não nos esquecessem e que Kimpus restabelecesse a justiça do mundo com a lua crescente. Lutávamos contra demônios ocultos nos nossos pensamentos, esperando que, com o fim da lua nova, estivéssemos novamente no caminho da luz. O mundo exterior podia ter se acabado em devastação sem que soubéssemos o que tinha acontecido, e eu lutava contra o tédio, ouvindo Irmão Allain torcer para que os demônios levassem para os calabouços todas as almas que sucumbissem aos desejos mais libidinosos. Sobretudo as mulheres de vida fácil e aqueles que tinham tido filhos fora do casamento.

Mastim acordou em uma gaiola minúscula perto do canil. Estava escuro, e ele não sabia que estivera mais de um dia desacordado. Seu braço tinha sido enfaixado e, embora seu ombro estivesse doendo, alguém o tinha colocado no lugar. Mastim podia movê-lo se tomasse cuidado. Liliah estava sentada junto a ele na cela baixa, segurando na mão um pedaço de bolo de laranja.

– Está com fome? – A garota sorriu. Mastim estava faminto e, embora não estivesse certo sobre o que a garota dizia, sua boca se enchia de água ao sentir o cheiro do bolo. – Eu trouxe para você.

Mastim abriu a boca, para abocanhar o bolo nas mãos da menina, mas se lembrou subitamente de alguma coisa e o pegou com a ponta dos dedos, enfiando-o na boca para engoli-lo quase sem mastigar.

– Dodd ficou furioso por causa da luta, mas eu não ligo. Você venceu, é isso que importa.

Mastim olhou para ela com um fiapo de inteligência, mas não sabia formular as palavras para dizer o que estava pensando. Liliah sorriu e deu a ele outro pedaço.

– Acho que você merece um nome de verdade. Você não é um cachorro. Resolvi que vou te chamar de Jhomm. Era o nome de um amigo da minha mãe. Ele era bonzinho comigo. Você gosta?

Mastim ainda estava de boca cheia quando Liliah esticou a mão para afastar o cabelo dos seus olhos, e levou um susto com o gesto. Liliah hesitou um instante, mas, como o garoto não demonstrou qualquer sinal de ameaça, tentou novamente. Os dedos brancos da menina tocaram a face morena e suja do garoto, e ele pela primeira vez recebeu carinho de mãos humanas.

Liliah riu quando Mastim se encolheu para receber o afago. A garota mostrava os dentes, mas ele não via nisso qualquer sinal de perigo. Ela estendeu as mãos na sua direção e Mastim a tocou, palma com palma, como uma cópia pálida em um espelho.

– Meu pai disse que eu preciso ser boazinha e ir com os meninos. Ele disse que preciso agradá-los, porque eles perderam dinheiro e estão irritados. Eu não queria ir, mas eles estão vindo me buscar. – Liliah sabia o que seu pai queria dizer quando a mandava ser boazinha e odiava aquilo. Queria fugir dali, mas não tinha coragem para escapar sozinha. – Agora que já está bom, você pode ir embora comigo?

Mesmo ouvindo as palavras, Mastim não sabia o que ela queria dizer. Só sabia que Liliah era boa com ele e que gostava da forma como ela cheirava.

Terminaram de comer o bolo e se deitaram na palha suja. Liliah se encolheu ao lado de Mastim, que ficou quieto e deixou que ela se aquecesse, como Castanha tinha feito na floresta. Mastim farejou os seus cabelos e sentiu-se tomado pelo calor, de uma forma que nunca tinha sentido antes. Ele ouvia os cães dormindo no canil próximo e podia identificar os diferentes ruídos que cada um dos seus companheiros fazia durante a noite. Ouviu o barulho do vento nas árvores e o mundo foi ficando mais e mais distante, até que finalmente também adormeceu.

– O que você está fazendo ai? – Mastim acordou com Dodd gritando do lado de fora. A gaiola baixa não o deixava ver seu rosto, mas ele reconhecia a voz do mestre dos cães e seu cheiro azedo de bebida barata e suor.

Liliah acordou assustada e se levantou, batendo a cabeça no teto da gaiola.

– Eu devia te matar, sua vagabunda!

– Por favor, pai! – Liliah tentava acalmá-lo, mas era inútil. Dodd abriu a gaiola e arrancou a garota lá de dentro, puxando-a pelas pernas. Mastim agarrou-a pelos braços e suas unhas arranharam a pele da garota, derramando o seu sangue. Liliah chorava.

– Agora você está cheirando igual à merda de um cachorro mijão! – Dodd gritou para a garota.

Mastim se arrastou até a porta da gaiola, mas Dodd o chutou novamente para dentro.

– Algum problema, Dodd? – Mastim ouviu outra voz. Encolhendo-se junto ao chão, podia ver os pés de outras pessoas. Eram três. Usavam roupas escuras e capas negras. – Nós deixamos você ir embora ontem porque vimos a confusão toda, mas temos um acordo, Dodd.

– Eu não tenho culpa daquela merda de *dhäen* ter se metido, Mestre Marvus. Mastim teria...

– Teria morrido, Dodd. Você teria perdido. Então, chega de história. Viemos buscá-la.

Liliah chorava baixinho, e Dodd a mandava ficar quieta.

– Ela é só uma criança, Mestre Marvus...

Aquilo pareceu divertir os três nobres, como nada do que Dodd tinha dito fizera até então. O Senhor dos Justos sabe que nunca houve guerra ou vilania que tenha se detido para poupar uma criança, e, embora suas leis ordenem a proteção dos menores e mais fracos, embora seus olhos jamais percam de vista o espírito daqueles que desrespeitam suas leis, condenando-os à eternidade no Mar da Agonia, o povo lamenta que nenhum de seus dedos jamais tenha sido erguido pelos frágeis e famintos, pelos velhos ou pelos infantes. Sinto uma dor tremenda no peito ao ouvir tal heresia. Meus anos como monge me ensinaram que somos ao mesmo tempo a cegueira com que os desonestos enxergam o mundo e o dedo erguido do Senhor dos Justos sobre as iniquidades que podemos cometer.

Para tristeza de Liliah e loucura de Mastim, a garota foi levada pelo braço, sob um choro baixo e resoluto, sem qualquer protesto além de um breve olhar para trás já a perder de vista. Mastim ficou onde estava, vendo as lamparinas dos rapazes piscando em meio às árvores pelo caminho que levava até a silhueta do monastério, como estrelas engolidas por uma nuvem negra. Dodd chutou a sua cela e arrotou sua injúria.

–Teria sido melhor que você tivesse morrido junto com a vaca da sua mãe. – Pontuou a sentença com uma escarrada no chão.

Mastim não compreendia, e se compreendesse não se importaria com aquelas palavras, pois seus pensamentos estavam em Liliah.

Dodd viu o olhar idiota do garoto, a expressão imbecil de um animal abandonado na estrada, que luta para compreender o que o destino quer de si. Deveria simplesmente matá-lo, mas não antes de tomar outro trago de aguardente.

Quando Dodd finalmente o deixou sozinho, Mastim enfiou os dedos pelas grades da gaiola e lutou contra o trinco. Não havia cadeado em sua porta; para um cão, um trinco era tão eficiente quanto uma chave. As maiores prisões são as que nós nos impomos para minar nossos desejos, mas Mastim agora queria sua liberdade, e isso era o suficiente para que desafiasse as grades reais ou imaginárias ao seu redor.

A porta se abriu com um rangido baixo, despertando a atenção de Monstra que começou a latir de dentro da cabana. Mastim ficou quieto, esperando que o pior acontecesse, mas Dodd apenas mandou a cadela se calar, deixando-o livre para agir.

O garoto farejou o ar, como se pudesse perceber na noite aromas que jamais sentira antes. Ouviu um *khirk* quebrando a concha de um caramujo contra uma pedra e procurou pelas sombras a silhueta de uma lembrança remota, que por algum motivo não estava mais lá. Os cães ladravam atrás dele, apressando-o a seguir em frente. Mastim ouviu Dodd gritar para fora, exigindo silêncio, e viu o despontar da sombra do monastério, uma montanha iluminada por tochas. Correu o mais rápido que seus ferimentos lhe permitiam.

Sua cabeça ainda oscilava pela perda de sangue, mas ele seguiu a estrada até o monastério sem se perder. Ele via coisas batendo asas nas trevas ao seu redor, nos galhos mais próximos à estrada ele podia ver uma procissão de *khirks* observando-o com seus olhos amarelos, batendo freneticamente os bicos, em um matraquear constante. Mas nem a companhia antinatural podia detê-lo. No topo do morro, ele podia avistar a estátua de Kimpus sobre a fonte dos cavalos. As quatro faces haviam sido vendadas para que não vissem os pecados dos homens, mas seu semblante continuava assustador. Mastim passou pela estátua, com a cabeça baixa e olhos atentos, temendo que ela se voltasse para detê-lo, mas o Senhor dos Justos não se moveu.

Kimpus não iria ajudá-lo, e o portão estava fechado, mas Mastim conhecia outras entradas e contornou os muros do monastério até o velho teixo cujos galhos mais finos se inclinavam sobre a parte mais baixa do muro. Mastim sabia bem como subir em árvores, e, embora os galhos não fossem fortes para aguentar um adulto, eram o suficiente para um garoto magro.

O monastério estava no mais completo silêncio àquela hora da noite. Os monges tinham se recolhido e dois cavaleiros faziam a guarda, rondando os pátios e corredores em busca de alunos que estivessem fora da cama, um esforço quase inútil.

Mastim saltou para cima do muro e dele pulou para um dos telhados de pedra. A perna que tinha sido ferida por Abutre ardeu com o esforço e ele pôde sentir o sangue voltando a escorrer pelo seu calcanhar, mas nem aquilo o deteve. Com olhos acostumados às trevas da mata, ele procurava por qualquer sinal de Liliah. Viu a sombra de uma vela se afastando por um corredor e procurou uma forma de segui-la de onde estava. Encontrou uma calha de cisterna e a usou para descer até o chão. Seu antebraço e seu ombro gemiam sem força, mas ele os ignorava para seguir em frente. Farejava o ar como teria feito um cão de caça, mas se deteve antes de alcançar a luz da vela.

Um grupo de demônios atravessava o pátio do outro lado, rindo e saltando, enquanto deslizava pelas sombras em passos de dança improvisados. Eram sete, com rostos demoníacos e garrafas de vinho, sufocando ofensas e praguejando injúrias. Mastim se arrastou atrás deles, mas os perdeu depois que atravessaram o portão em um muro. Tinham se escondido em um pátio interno, um pequeno jardim com uma fonte de água limpa e uma pequena estátua de Kimpus, usado pelos monges para suas orações. Mastim empurrou a porta tentando abri-la, sem sucesso. Do outro lado do muro as risadas se intensificaram, e Mastim ouviu o barulho de tecido se rasgando, enquanto alguém sufocava um choro.

– ... o gordo não tem pinto! – Uma voz estridente engasgou com o próprio riso. Outras pessoas se uniram ao coro. Mastim encontrou num prédio ao lado uma calha por onde podia subir. Seus dedos escorregavam, tentando se agarrar ao duto. Ele ouviu um soluço baixo e duas vozes brigando para saber de quem era a vez. Mastim sentiu-se deslizar e agarrou-se à calha como um gato; gritou quando uma de suas unhas se soltou da carne.

– É sua vez, Vorus! – Mastim chegou ao telhado e olhou para o muro. Podia ver os vultos dançando à luz de velas sobre um fantasma pálido jogado ao chão. Mastim tomou distância e correu pelo telhado. A sua panturrilha parecia se lembrar da dentada de Abutre na sua perna, mas, mesmo meio manco, não diminuiu sua velocidade. O pé direito resvalou de leve na beirada do telhado para pegar um impulso que deveria ser impossível até o outro lado. Por um instante vagou pelo vazio como um pássaro sem asas, então tocou o telhado do outro prédio, batendo contra a pedra com um barulho ensurdecedor. As vozes se calaram enquanto ele deslizava pelas telhas rumo ao precipício, procurando uma fenda onde prender seus dedos.

O barulho assustou os demônios, que dispararam pelo portão do pátio como vultos se espalhando por todos os lados. Mastim não podia deixa-los fugir. Pendurando-se pelos braços, ele se deixou cair sobre o último deles antes que atravessasse o portão. Mastim e o garoto rolaram no chão um minuto, mas o rapaz era mais forte do que ele e conseguiu colocar-se de pé. Mastim arrancou do seu rosto a máscara de serpente, revelando um rosto encovado e assustado. O cão dentro dele rosnou para o garoto, que tão logo se viu livre, correu para longe. Mastim queria persegui-los. Queria destrui-los. Queria devorá-los. Então se lembrou do fantasma pálido de Liliah jogado ao chão do pátio e se virou para trás.

– Jhomm? Mastim? – Sua voz era apenas um sussurro nas sombras. Algumas velas tinham caído e se apagado na correria dos garotos. Mastim se aproximou com cuidado, como se estivesse sendo invocado por algo que não pertencesse inteiramente àquele mundo.

– Jhomm? O que eles fizeram, Jhomm? – Liliah quase não podia ser identificada. Tinha sido reduzida a uma peça de carne muito branca, afundada nos trapos do que tinha sido o seu vestido. O corpo nu de menina estava coberto de hematomas e arranhões, com sangue que escorria pela pedra. Mastim se aproximou, procurando no ar o aroma doce que a identificava, mas seu cheiro agora era acre e azedo. A garota molhou os lábios cortados com a ponta da língua, forçando a garganta ferida a falar.

– O javali negro... O leão com asas, a serpente e a lança... A águia de duas cabeças. O cavalo com chifres, o touro em chamas e a aranha púrpura. Promete para mim, Jhomm?

Mastim não podia prometer, ele não conhecia aquela palavra. Ele só pôde se ajoelhar no chão, tentando limpar o rosto da garota com as mãos sujas, de terra e do seu próprio sangue, e ver a luz morrendo em seus olhos.

– Promete, Jhomm! Promete que eles não vão me machucar de novo. Eu estou tão cansada. Quero ir para casa. Tão cansada. – Os lábios de Mastim se moveram tentando formular as palavras. Um ganido triste já ecoava em sua garganta e ele procurava o caminho para deixa-lo escapar.

– Olha o que eles fizeram. Promete para mim, Jhomm.

– Jhomm. – Mastim respondeu. – Jhomm. – Como se fosse a resposta que ela queria ouvir. Liliah ouviu aquela palavra e sorriu.

– Sim. Seu nome é Jhomm.

Mastim ficou com ela enquanto Liliah repetia tudo de novo e de novo, e achou que estava fazendo algum bem, quando repetia tudo o que ela dizia, palavra por palavra. Mas a voz da garota foi diminuindo, pouco a pouco, até que, por fim, a luz desapareceu dos seus olhos. Mastim permaneceu onde estava, com Liliah morta nos braços, repetindo sua lista de demônios.

– O javali negro, o leão com asas, a serpente e a lança, a águia de duas cabeças, o cavalo com chifres, o touro em chamas, a aranha púrpura. Promete para mim, Jhomm.

– O que você está fazendo aqui? – Mastim se virou para trás e viu um monge com um balde de madeira nas mãos, olhando para ele com uma expressão apavorada. A manhã já tinha chegado e ele tremia de frio sem tê-lo percebido. O monge olhou para Mastim e dele para a garota morta em seus braços. Então gritou por ajuda.

Mastim rosnou como resposta e se ergueu. O monge deu um passo para trás, vendo um monstro das fábulas, uma criatura meio homem e meio cão. Um demônio que tinha voltado à vida e que agora desejava derramar sangue inocente sob os pés do Senhor dos Justos. Ele gritou mais alto, mas era tarde. Mastim correu, passando por ele, e escalou uma das calhas, desaparecendo sobre o telhado. Aos gritos do monge logo se somaram outros gritos, e eu acordei acreditando que o festival havia invadido o monastério. Sai do meu claustro meio vestido, ouvindo histórias desconexas de como um demônio tinha invadido o monastério. E o demônio era Mastim.

Confesso que não acreditei em meus olhos quando vi Liliah caída junto do pequeno fosso, onde foi encontrada. Mesmo hoje, ao fechar os olhos, posso ver com clareza o estado em que ela foi deixada. Marcas de mordida, arranhões e surras se espalhavam pelo corpo magro de menina. As pernas muito finas pareciam curvadas de uma maneira não natural. Estava meio despida, como se alguém a tivesse coberto com os restos da sua roupa, para protegê-la do frio. Mesmo nas batalhas mais brutais, conduzidas pelos saqueadores mais insanos, eu jamais vi nada tão covarde. Talvez por isso tenha sido tão fácil acreditar que o autor daquela atrocidade não era humano. Somente uma mente insana, uma criatura animalesca, parecia ser capaz de algo assim.

Quando os irmãos contaram que Mastim tinha sido encontrado junto à menina, eles tinham olhares reprovadores na minha direção, e eu soube que me culpavam pela desgraça, assim como eu me culpei durante muitos anos e talvez ainda me culpe hoje.

Um grupo de caça se organizou para encontrar Mastim, mas ele não estava em lugar algum. Dodd recebeu o corpo da sua filha com a mesma frieza com que receberia a carcaça de um cão morto. Bebeu um longo gole de aguardente e cuspiu no chão um escarro marrom. Quando me viu entre os monges, me dirigiu o mesmo olhar recriminador que eu tinha recebido antes. Ele tinha me avisado sobre o que Mastim havia se tornado, e eu tinha me recusado a ouvi-lo. Não havia palavras para dizer o quanto eu me arrependia, e ele engoliu meu remorso como um gole de álcool, rindo por dentro. Aquele maldito bastardo.

Aldeões e monges se uniram para vasculhar a floresta em busca de Mastim. Allain tinha convencido a todos de que a raiz de todo o mal era o *dhäen* que vivia cercado de *khirks* na floresta, e eu havia sido proibido de participar da caçada, como punição pelos meus erros. Fiquei com Dodd para trás, ajudando-o no funeral de sua filha, e, embora não tivesse conhecido Liliah tão bem, senti minha garganta se fechar enquanto a fumaça de sua fogueira subiu aos céus, para ser recebida nos Domínios dos deuses. Já Dodd estava impaciente para ver tudo acabar.

Quando o funeral terminou, vi Marvus se aproximar de Dodd e, de cabeça baixa, sussurrar o que pareciam palavras de consolo. Naquele instante pensei ter julgado mal o garoto nobre, e aquele arrependimento me acompanhou através dos anos, como outro pecado da qual eu não tive culpa. Galo deu a Dodd uma pequena sacola de moedas como compensação pela sua dor, o gesto demonstrava que o mestre dos cães não estaria sozinho em sua velhice. Rezei para que Kimpus desse ao nobre sua derradeira justiça, em troca daquele gesto. De certa forma, creio ter feito a oração certa, embora minhas intenções estivessem equivocadas. Kimpus é justo e a tudo vê.

Mastim não foi encontrado, e os aldeões resolveram terminar os festejos do *Dhunmalin* enquanto ainda tinham tempo. Eu fui isolado por todos os monges sob o sorriso vitorioso de Allain, que tinha esperado quase dez anos para dizer que estava certo quando avisou que o bebê era uma afronta à natureza. Como penitência, eu cumpriria um ano de silêncio absoluto "*para nunca mais contradizer as palavras do santo abade*". Sendo franco, eu sentia que também não tinha mais nada a dizer, e fiquei feliz com a punição. Pendurei no pescoço as minhas penas de ferro e orei a Kimpus para que restabelecesse a justiça no mundo.

Não tenho vergonha de dizer que, naquele momento e durante muitos e muitos anos, eu odiei Mastim. Quando eu finalmente soube a sua história eu o perdoei, apenas para vê-lo mergulhar o mundo em sangue e merda. No fim, só me restou a compaixão e o remorso.

Dodd permaneceu em seu luto. Estávamos todos certos de que não voltaríamos a ver Mastim novamente. Em silêncio, o mestre dos cães devia estar torcendo para que o garoto fosse encontrado e morto, mas os dias se passaram sem notícias, e no vazio que tinha se espalhado pela história começaram a surgir os rumores do que tinha acontecido.

Algumas pessoas diziam que Mastim havia sido engolido pelas trevas, voltando à sua forma demoníaca para desaparecer antes que os deuses voltassem a vigiar os mortais. Outros juravam que Dodd havia matado o garoto, dando sua carcaça aos seus cães, de forma que ele jamais tivesse um funeral. Eu desejava apenas que pudéssemos um dia entender o que tinha acontecido e que a justiça de Kimpus fosse rápida, daquela vez. Todos nós estávamos errados.

No fim do festival, Mastim emergiu da floresta. A deusa da lua mostrava metade de sua face no céu negro quando ele caminhou até a cabana de Dodd. O mestre dos cães tinha acabado de chegar, depois de gastar boa parte do dinheiro dado por Galo em bebidas e prostitutas. Mastim esperou uns minutos até sair da sombra das árvores na direção de sua antiga casa. Os cães haviam sentido seu cheiro e latiam alucinadamente para recebe-lo de volta. Mastim esperou até ter certeza de que Dodd não sairia para ver o motivo da algazarra antes de se aproximar, silencioso como uma sombra.

Na bancada do lado de fora, ele encontrou o cutelo que Liliah havia usado para limpar o *khirk*, no que parecia ter sido uma vida atrás. A porta da cabana não estava fechada, e ele a empurrou com tranquilidade, sem mais do que um levantar de orelhas de Monstra. Dodd dormia com a cabeça pendente em sua cadeira de balanço e não o viu se aproximar.

Mastim ergueu seu cutelo. Ao ver a ameaça, Monstra rosnou e latiu um alerta. Dodd se remexeu na cadeira um instante e, temendo perdê-lo, Mastim apressou o seu golpe. Dodd podia estar bêbado, mas não estava completamente desprevenido. Acordou protegendo-se com os braços, e o cutelo o acertou, vibrando ao atingir um osso. Dodd gritou com um mistura de ódio e terror e jogou Mastim do outro lado da sala com um simples murro. O garoto caiu e se levantou em seguida, mas Dodd já estava sobre ele. O mestre dos cães pegou o cutelo no chão, preparando-se para acabar com o merdinha.

O garoto se protegeu com os braços sobre a cabeça, certo de sua morte e Dodd gritava que daquela vez ele não lhe escaparia.

Nenhum dos dois percebeu Monstra, que se colocou de guarda, durante a luta, decidindo o que fazer. A cadela parou de latir e avançou para atacar seu antigo senhor. Monstra mordeu o calcanhar do mestre dos cães, puxando-o em direção a porta. Mastim se levantou e se afastou da fúria de Dodd. Traído, o mestre dos cães resolveu se vingar, acabando com a vida da velha cadela com dois golpes de cutelo, que racharam a sua cabeça.

Dodd viu o que tinha acabado de fazer e lamentou. Monstra tinha sido a única amiga em sua vida, e agora estava morta, com a lâmina enterrada em sua cabeça. Mastim viu a vida se esvair de Monstra e lamentou tê-la odiado por tantos anos. Então saltou as costas de Dodd, cravando os dentes em sua orelha enquanto arranhava o seu rosto.

– Olha o que você fez! Moleque dos demônios! Mastim do inferno! – Ele gritava, tentando tirá-lo de cima de si, mas Mastim apenas rosnava, mordia e arranhava, até que os braços de Dodd, grossos como troncos, o arrancaram de suas costas e o jogaram contra o cadáver de Monstra. Mastim sentiu os ossos do seu corpo estremecerem de dor, mas o ódio o alimentava. Ele se levantou para agarrar novamente o cutelo, preso ao crânio do cadáver. Dodd tinha o rosto coberto de sangue, mas viu a aproximação do pequeno demônio com cuidado.

Mastim era pouco mais do que uma fera, e Dodd tinha razão quando tinha dito que ele havia voltado da floresta para roubar sua alma. O mestre dos cães gritou por Monstra para protegê-lo, esquecido de que havia acabado de matar a companheira. Então Mastim o golpeou com o cutelo. Acertou-o em cheio na garganta, rasgando carne e cartilagem para fazê-lo sufocar em seu próprio sangue. Dodd estendeu a mão para Mastim, mas já era tarde. O garoto ficou onde estava, vendo a vida se findar no seu corpo gordo. Em instantes, Dodd já estava morto.

Mas Mastim ainda não tinha acabado.

Usando o cutelo, ele lutou contra os ossos de seu pescoço, um golpe após o outro, até que a lâmina já estivesse cega e não fizesse mais do que esmagar a carne que lhe restava. Ficou nesse trabalho por horas, até que estivesse completamente encharcado em sangue, segurando a cabeça de Dodd entre as mãos. Então virou as costas e partiu, sem o menor interesse em olhar o que deixava para trás.

Antes de ir embora abriu a porta do canil e assistiu enquanto alguns cães fugiam na direção da floresta. Outros cães, os mais cansados e famintos, viram na porta aberta da cabana mais carne do que jamais encontrariam em toda a sua vida e começaram o banquete.

A ceia que marcava o fim do Festival das Máscaras havia começado no Grande Salão. Ao contrário da noite fria na qual Mastim viera ao mundo, o clima era agradável, com uma brisa quente entrando pelas janelas enquanto a fumaça da lareira ardia em nossos olhos. Os monges tinham passado o dia na cozinha preparando o banquete que marcava a benevolência dos deuses, que haviam voltado seus olhos novamente para os mortais. Para os outros monges era como se nada tivesse acontecido no monastério. Como se não tivéssemos entregue uma garotinha às chamas a alguns dias. Aquilo tinha me deixado furioso naquela época, embora hoje eu possa compreender que, na difícil vida de um monge, nada superava a alegria da ceia após o *Dhunmalin*, com toda a sua fartura e abundância.

Mestre Allain me encarava com olhos divertidos. O velho abutre com suas penas de ferro e suas histórias de cavalaria me culpava por tudo o que tinha acontecido de pior naqueles muros, e, embora aquilo me enfurecesse eu não podia deixar de acreditar que ele tinha razão. As noites me atormentavam com sonhos sombrios onde Kimpus me julgava pelos meus crimes e me arremessava ao Mar da Agonia, onde eu afundava sob o peso dos meus pecados.

Eu via sem a menor fome os outros comerem. Fiquei em meu lugar, bebendo da cerveja espessa com a qual eu esperava me libertar dos pesadelos daquela noite. Pela primeira vez em não sei quantos anos o grito dos noviços não me incomodava, nem as preces infindáveis de Allain, ou as piadas sem o menor sentido de Lok. Meu coração se ocupava da imagem despedaçada da menina caída no chão de pedra.

Foi quando o jovem Vorus gritou, apontando para a janela. Os monges, cavaleiros e noviços ficaram em silêncio enquanto procuravam com os olhos o motivo daquele grito, e eu lembro o terror que atravessou a minha pele para arrancar meu espírito quando vi a figura coberta de sangue, de costas para a face semicoberta da lua.

– *Sohas* Kimpus! – Eu me peguei orando ao Sagrado Senhor dos Justos, rompendo meu voto de silêncio para pedir sua proteção contra o espírito demoníaco que desafiava seus domínios. À minha frente Allain gaguejava as palavras do livro das leis, esperando que a realidade retomasse a sua lógica.

– O que você quer aqui, espírito do mal? – Allain gritou. Os outros monges se levantaram e se afastaram da mesa, enquanto os cavaleiros corriam em busca de suas armas. – Saia, em nome de Kimpus!

Mastim continuou onde estava e olhou para todos os presentes até encontrar um rosto conhecido entre os noviços. Apontou o dedo fino e imundo de sangue para eles e nós ouvimos a sua voz pela primeira vez, rouca e demoníaca, que em nada se parecia com a voz de uma criança.

– O javali negro, o leão com asas, a serpente e a lança, a águia de duas cabeças, o cavalo com chifres, o touro em chamas, a aranha púrpura. – Ele apontava o dedo de um para o outro, vendo os noviços estremecerem. Vorus se ajoelhou no chão sobre sua própria urina e começou a chorar, enquanto Galo se encolheu contra a parede, tentando atravessá-la. Porco ria loucamente, como se tivesse ouvido uma piada, e Boi caiu no chão, completamente imóvel, como se Mastim tivesse roubado a alma do seu corpo.

– De volta ao calabouço, demônio! – Allain gritava para Mastim, mas o garoto não se movia. Ao invés disso, ele pegou um saco de farinha que tinha arrastado até ali e de dentro dele arrancou a cabeça decepada de Dodd, jogando-a no meio da mesa da ceia. A maior parte dos monges e noviços correu neste momento, e mesmo alguns cavaleiros que estavam por perto hesitaram, aterrorizados. Eu teria fugido também, se a minha única perna tivesse me obedecido, o que ela não fez.

Fiquei onde estava enquanto a cabeça de Dodd rolava pela mesa e parava de frente para Allain, encarando-o com a boca deformada e o nariz quebrado. O abade olhou para os olhos díspares do mestre dos cães e viu ali algo que ele não podia descrever. A cabeça de Dodd era um retrato da pura perdição. Dodd jamais teria a chance de encontrar seus antepassados no outro mundo. Seu espírito assombraria para sempre aquelas terras e pousariam aqueles olhos mortos sobre ele, interrogando-o indefinidamente. *Por quê?*

Allain agarrou o próprio peito e procurou as palavras para se livrar daquela maldição.

– Sagrado Kimpus! – eu o ouvi dizer. Então olhou na minha direção. Eu sabia que ele consideraria tudo aquilo culpa minha e que diria a Kimpus para me condenar à danação, mas nada daquilo me impediu de rir. Pelos deuses, como eu odiava Allain.

O abade agarrou o próprio peito, lutando contra a falta de ar. Seus olhos se injetaram de sangue, enquanto ele estremecia e babava. O medo fez com que todos nós ficássemos onde estávamos, enquanto a morte levava o Irmão Allain, para ter com Kimpus seu julgamento. Allain lutou bobamente contra ela por um instante. Então seus olhos reviraram e seu corpo tombou para a frente, já sem vida.

Enquanto assistíamos à morte do abade, Mastim escapou de novo.

A lenda diz que, ao terminar seu sacrifício, Mastim se despiu da pele humana e uivou para a lua, como um grande cão infernal, soltando fogo pelos olhos, jurando retornar um dia para terminar o que tinha começado. Eu gosto desta versão da história e não a desmentiria se tivesse visto o contrário, mas de fato não o vi sumir.

Um grupo grande participou das buscas daquela vez, e eles se separaram para cobrir uma área muito maior, mas nenhum deles voltou com qualquer noticia sobre Mastim. Alguns deles nem mesmo tinham retornado, e, quando partimos atrás deles, encontramos seus cadáveres apodrecendo em um campo, nos limites das terras de Haena do Norte. Tinham sido mortos por flechas ou cortados com uma faca. Somente um tinha ferimentos que pareciam de dentes, como se alguém tivesse tentado devorá-lo vivo.

Nunca mais soubemos nada sobre Mastim, mas alguns dentre nós esperavam o seu retorno, todos os anos, procurando pelos noviços que mataram a sua única amiga. Sua história se tornou uma advertência para os noviços se comportarem durante o Dhunmalin e para as crianças da aldeia irem cedo para a cama.

Os sete nobres foram embora poucas semanas depois de tudo aquilo. Nenhum deles concluiu seus votos, nenhum deles teve chance de ser magistrado daquela vez. No fim das contas, todos encontraram seu destino mais cedo ou mais tarde e acabaram pagando pelos seus crimes da pior forma possível. A memória de Kimpus é infalível, e nem todos os pecados do festival das máscaras podem ser perdoados.

Eu continuei me torturando por aquela história durante anos. Enquanto a maioria dos monges daquela época fugiu daqui, eu permaneci, como se não tivesse direito a outra vida. Permaneci assombrando essas paredes, cada dia menos interessado no mundo lá fora. Cuidando dos meus cavalos e esperando o dia em que eu prestaria contas por tudo aquilo que fiz.

Meu fardo se tornou um pouco mais leve no dia que eu encontrei Jhomm Krulgar pela primeira vez e ele me contou tudo o que sabia e tudo o que tinha feito.

Foi quando eu entendi o quanto Irmão Allain estava errado. Ao menos daquela vez, Mastim tinha sido o dedo justo de Kimpus sob o mundo. Depois daquele encontro eu pude finalmente dormir de novo, e, embora não esteja liberto dos meus pecados, ao menos me tornei livre de algumas das penas de ferro.

Naquele meu último encontro com Jhomm Krulgar, quando pude terminar de anotar sua história, eu perguntei se ele tinha cumprido a sua promessa. O barulho da batalha já havia recomeçado ao nosso redor, e ele se erguia para somar seu escudo à parede que se formava perto dali, mas parou para me responder. Vi o sorriso em seu rosto, tão dócil quanto o sorriso de uma criança, e me perguntei se ele era feliz. Jhomm deu de ombros como se nenhuma daquelas perguntas fizesse sentido.

– Essa é uma outra história, monge.

E desapareceu novamente em meio à batalha.

Nunca mais vi Mastim. E, agora que meu tempo está chegando ao fim, sinto que o verei apenas do outro lado. Não importa. Em breve chegará a hora de assumir todos os meus pecados diante do Senhor dos Justos. Então eu saberei todas as respostas.

Mas hoje não. Hoje ainda não.

Este livro foi impresso em papel pólen bold
na Renovagraf em Abril de 2019.